集英社文庫

たけまる文庫　怪の巻

我孫子武丸

集英社版

目次

デザイン／京極夏彦 With FISCO

たけまる文庫

怪の巻

我孫子武丸

猫恐怖症

下校の途中だった。

あたし達はいわゆる〝仲良しグループ〟というやつで、その日もいつものように放課後一緒に学校を出て、マックでハンバーガーを食べながらだべっていた。

顔ぶれはいつもとおんなじ。斎藤《さいとう》、横山《よこやま》の漫才コンビと、橋爪《はしづめ》君。そしてあたしと亜矢《あや》香《か》の五人だ。斎藤と横山は「ホモだち」と言われるのも仕方のないくらいいつも一緒にいる二人なのだけど、亜矢香はその横山と実はつきあってる。斎藤にも橋爪君にもそのことを隠しているのは、今の関係を壊したくないかららしいが、彼らだって馬鹿じゃないから、二人の視線や仕草を見ていて、何も気づかないはずはないとあたしは思っている。

最近、橋爪君がほんの少し亜矢香よりあたしに優しいような気がするのは、気のせいだろうか？

斎藤がつまらなそうに言っている。

「なんか面白いことねえかなあ。――最近、マンネリじゃない？」

マンネリどころか、恋愛真っ最中の二人が、うんうんとうなずいてみせる。

「だよねー。……映画でも、観に行こっか」

しゃあしゃあと言う亜矢香。ほんとは二人だけで行きたいくせに、とあたしは思う。

「映画ね……五人でぞろぞろってのも、中学生みたいだしなあ」

斎藤は、そう言いながらちらりとあたしを見る。お尻がこそばゆいような感じだった。

あたしは目をそらしてシェイクの残りを吸うふりをした。

「じゃあ一人で行けばいいじゃないか」

橋爪君が、いつもの渋い声であたしの言いたいことを言ってくれる。

「あのねー、そういうことじゃなくてさ……分かんないかなー、この男心が。寺沢《てらさわ》なら分かってくれるよな？」

男心ってスケベ心のこと？　と突っ込みそうになる。

あたしはちゃんと聞いてなかったふりで、目をぱちくりさせた。

「え？　何？　何が？」

腹立たしいことに亜矢香がいらないフォローをしてくれる。

「斎藤君がさ、絵理《えり》と二人きりで映画観に行きたいんだって！」

「そんなこと言ってねえだろ！」

斎藤はひきつった笑顔を浮かべながら言い返した。

「俺は面白いことねえかなって言っただけだぞ？　……まあ、相手が誰にしろ、女と二人で映画ってのは悪くないアイデアだけどな。——寺沢、行ってみるか？」

「やだ」

つい、思ったことがそのまんま口に出てしまった。それも、思いっきり嫌がってるような口調で。

場が一瞬緊張したのは分かったけど、その後どうやってフォローしていいのか分からなかった。斎藤の方も、こうもあっさり拒絶されるとは予想してなかったのだろう、対応に困っているみたいだった。

ありがたいフォローは横山の方から来た。

「斎藤なんかと映画館に入ったら、何されるか分かんねえからな」

とりあえずこれでみんなどっと笑う。あたしもほっとして笑った。

「バ……バカヤロ、人を変態みたいに言うんじゃねえっ」

斎藤も怒ったように言うが、彼もほっとしてるみたいに見えた。

「橋爪だったら、大丈夫そうだけどな」

横山がそんなことを言ったので、あたしはどきっとした。亜矢香があたしの気持ちをうっかり喋ったのかとも思ったのだけど、横山の様子を見てると、知ってて言ったわけでもなさそうだった。

「バーカ、橋爪みたいなムッツリが一番危ないんじゃねえか。なあ?」

「……かもしれない」

橋爪君は深刻そうな顔をしてうなずいたので、斎藤もそれ以上言うことがなくなって言葉に詰まったようだ。

橋爪俊樹《としき》。彼はいつもこんな調子だった。ちょっとみんなとずれてて、あたしにはそこが魅力だった。真面目一辺倒のようでいて、時々、冗談のつもりか何か、とんでもないことを言ったりしたりする。亜矢香などは「何考えてるかわかんない」と言うのだが、少なくとも横山や斎藤みたいに、考えてることが筒抜けな奴よりよっぽど魅力的だと思ってる。

「……あ、あたし、そろそろ帰らなきゃ」

亜矢香が壁の時計を見て言った。もうすぐ六時になろうかという時間だった。橋爪君とは帰る方向が全然違うから、なるべく長くここにいたいのだけど、そうも言っていられない。さっさと帰りかけるみんなの後ろをゆっくりと歩きながら、店を出た。

一ブロックも歩けば、あたしは一人別れて帰らなきゃならない。鞄を後ろに下げて、きょろきょろとあたりを見回しながらできるかぎり遅く歩く。牛歩戦術というやつかもしれない。

その時、店の横手のごみ箱あたりから、「にゃお」という弱々しい声が聞こえたような気がしてあたしは立ち止まった。野良猫のしゃがれた泣き声じゃなく、子猫のような可愛らしい声だ。

「ねえ、ちょっと待ってよ。亜矢香、ねえ！」

今にも横山の腕にしがみつきそうにしてどんどん歩いて行く亜矢香に、あたしは呼び掛けた。

「なあに？　どうかした？」

「今さ、そこで子猫の声が聞こえたみたいなの」

子猫だと自信はなかったけど、そう言えば亜矢香は絶対見たがるだろうと思った。

「ほんと？　どこどこ」

亜矢香が喜んで戻って来たので、男の子達も首を振りながらついてくる。

「女は猫が好きだねえ」

「確かに。何でかな？　絶対多いよな、女の方が。猫好きの奴ってさ」

「そうそう。そういや俺聞いたことあんだけどさ――」

斎藤は声をひそめて横山に何か囁いた。

「うっそ。マジ？　へええ」

そして二人は下卑《げび》た笑いを浮かべる。何か下品な話をしてるに違いない。橋爪君は――と見ると、彼はあたし達の方を見て立ち止まったまま動こうとはしていない。

亜矢香はあたしを通り過ぎてごみ箱に近づく。

「にゃあ」

これは猫じゃなくて、亜矢香の声。あたしも橋爪君から目を離し、彼女の後ろから近づく。

青いプラスチックのごみ箱の陰に、段ボール箱が置いてある。半分閉じられた蓋の隙間から、中で光っている二つの目が見えた。

「あ、いるいる！　いるよ！」

亜矢香が嬉しそうに大声で叫びながら、箱の前にしゃがみこみ、蓋をそっと開く。

「みゃあ」

茶色と白の縞模様が二匹、白と黒の牛みたいなのが一匹、全部で三匹の子猫が、箱の隅で寄り添うようにして震えていた。生まれて一週間と経たない、ほんとの子猫だ。

「きゃあー！」「やだー！」

あたし達は叫んだ。怖がっているのでも、嫌がっているわけでもない。あまりの可愛さに、喜んでるだけだ。鞄を放り出し、撫で回してやろうと争って手を伸ばす。

男の子達も、どれどれとばかりに後ろから覗《のぞ》き込む。

亜矢香は茶トラの子猫を、鳴きながら逃げ惑うのもおかまいなしに、撫でくりまわす。

あたしは白黒の牛みたいな奴を捕まえて抱き上げた。制服の肩にひしとしがみついて、情けない声で鳴き始めるのが、哀れでもあり可愛くもあった。

「ねえ見て見て、ほら――」

あたしは橋爪君に見せようと振り返って、彼が後ろにいないことに気がついた。

橋爪君は、あたしがみんなを呼び止めた時と同じところにいて、恐ろしい顔でこちらをにらみつけていた。不快とも嫌悪ともつかないその視線が、あたしに向けられているように思えて、胃が鉛のように重たくなった。

そんな彼の様子に気づかないのか、亜矢香は無邪気に呼び掛ける。

「橋爪君！　何してんのよ。こっちおいでよ！」

彼ははっと我に返ったようにあたし達の顔を見比べ、突然くるりと背を向けると、駆け出した。

「なんだあいつ」

いつの間にか最後の一匹を、横山と争って勝ち取り、抱き上げていた斎藤が呟いた。

――どうしたんだろう。あたしは胸騒ぎを覚えた。今まで、彼があんな態度を見せたことなんて、一度もなかった。

あたしは少し未練を覚えながら、抱いていた猫を横山に押しつけ、鞄を拾い上げると橋爪君の後を追った。

とてもあたしの足では追い付けないかもしれないと思ったが、幸い橋爪君は、十メートルほど走った先で立ち止まっていた。

「……橋爪……君？」

彼は電柱につかまるようにして、立っていた。ちらりと振り向いたその顔は紙のように白く、額に脂汗《あぶらあせ》が浮かんでいるのが分かった。あたしは足がすくんでそれ以上近づけなかった。

「どうしたの？」

「――何でもない」

そう答えた声にあたし自身への嫌悪は感じられなかったので、ほんの少し安心した。

「でも……顔が真っ青よ。気分が悪いんじゃないの？」

近づいて熱がないかと額に手を伸ばそうとした。

「触るな！」

恐ろしい形相で、彼があたしの手を払いのけた。心臓に杭を打ち込まれたみたいなショックだった。何を考える暇もなく、涙が頬《ほお》を伝うのをおぼえていた。

「……ご……ごめん。でも寺沢、さっきあれに触ってただろ？」

優しげな声をかけられても、涙はすぐには止まらなかった。涙を拭《ぬぐ》いながら、あたしは聞き返した。

「……あ……あれって？　子猫のこと？」

「ああ」

彼は言いにくそうに答える。

「猫……嫌いなの？　アレルギーとか？」

あたしはかろうじてそう言いながら、猫アレルギーというのがあると聞いたことがあるのを思い出した。確か、猫の毛や何かに反応して、くしゃみが出たり涙が出たりするはずだ。でも彼がそれに答える前に、後ろから斎藤のがさつで大きな声が聞こえて来た。

「おおい、橋爪！　どうしたんだよ！」

赤みの戻りかけていた橋爪君の顔色が、再びさっと青ざめるのが分かった。振り向くと、案の定、斎藤達と一緒に亜矢香が猫を抱いたままこちらへ歩いて来ていた。橋爪君は後ずさり、電柱に背中をぶつけた。瞳は見開かれ、亜矢香の抱いた子猫に釘付けになっている。

あたしはさっと橋爪君の前に立ちはだかった。

「亜矢香、来ないで！」

「ええ？　何言ってんの？」

「橋爪君、猫アレルギーなんだって。だからその子猫、近くに持って来て欲しくないのよ」

「猫アレルギー？　そんなの聞いたことねえな。ほんとかよ、橋爪」

横山が驚いた表情でたずねる。橋爪君は、脂汗を浮かべながら何度もうなずく。

「猫アレルギーなら、知り合いにもいるよ。そんなに怖がるようなもんじゃねえはずだけどな。体がかゆくなったりする程度のことじゃねえのか」

少し面白がっているような口調で、斎藤が言った。ずっとこの男を嫌っていたことに、この時あたしは初めて気がついた。橋爪君がいなかったら、言葉を交わすことだってなかっただろう。

「とにかく彼、気分が悪いのよ。だから早くその猫戻してきなさいよ」

「嫌よ！　飼うんだもん」

亜矢香はすっかりその子猫が気に入ってしまったらしく、ひしと抱きしめる。

「……い、いいんだよ。俺、一人で帰るからさ。じゃ」

待って、と声をかける間もなく、橋爪君は逃げるように走り去った。その数秒後、斎藤は馬鹿笑いを始めた。

「おい、見たか！　こんな子猫に、脂汗流してびびってやんの。信じられるか？　あいつにも苦手な物があったんだな」

あたしはむかむかして怒鳴りつけそうになるのをぐっとこらえた。後を追いたい気持ちもあったけど、すでに猫の毛を服につけたあたしが近づくのはよくないのかもしれないと思い直した。

「猫、嫌いな人もいるんだ。……こんなに可愛いのにねー」

亜矢香はあたしの複雑な思いなどまったく気づかないらしく、子猫を撫でている。

あたしはみんなに腹を立て、黙って家の方へ歩き出した。

「おい寺沢、お前も猫アレルギーになったのか？」

そんな声を背中に聞きながら、あたしは振り向きもせずに足を速めた。


翌朝、あたしの心配をよそに橋爪君はいつものように登校して来た。顔を合わせてもにこやかに「おはよう」と屈託なく挨拶《あいさつ》をする。斎藤がクラスのみんなに昨日のことを誇張して喋りまくっていたが、橋爪君は横で聞いていても、物静かに微笑《ほほえ》んでいるだけ。

「橋爪君って、そんなに猫苦手なの？」

クラスメイトにそう聞かれても、言いわけするどころか、

「誰だって一つくらい苦手なものがあるもんだろ？」

なんて調子でうそぶいている。

斎藤がどんなに馬鹿にしてみせようが、橋爪君は全然気にしてない様子だったので、あたしも変な心配をするのはやめた。

そうだ。誰にだって苦手なものがあっておかしくない。確かに昨日の彼の様子にはびっくりしたけど、猫が苦手だったとしたって全然かまわないはずだ。少なくとも、あたしはそんなこと全然気にしない。彼が嫌だと言うなら猫を抱いたりなんかしなくたって別にい

いし、嫌いになれと言われたって、なるかもしれない。それに、いざとなったらあたしが彼を守ってあげることだってできるかもしれない――。

何を馬鹿なことを考えているんだろう。あたしは自分の考えを誰かに覗かれてるような気がして、顔が赤らむのを覚えた。

その日一日中なんだかほのぼのした気分になって、放課後、いつの間にか亜矢香や横山がいなくなっていたことに気づいた時も、たまには二人きりで帰りたくなったのだろうと気にも留めなかった。

あたしは勇気を出して、普段ならとてもできないようなことをした。

一人で帰ろうとしている橋爪君に、声をかけたのだ。

「今日もマック、寄って行く？」

つとめてさりげなく言ったつもりだったけど、声は震えていたかもしれない。

「……いや、今日はやめとくよ」

きっとあたしは落胆をうまく隠せなかったのだろう、橋爪君は少し慌てた様子で言い添えた。

「――だってほら、あそこにはまだ昨日のあれがいるかもしれないじゃないか」

「あ……そっか」

あたしってば、なんて鈍感なんだろう。そんなことに気づかないなんて。

彼は、ちょっと照れたような様子でうつむきつつ言った。

「俺の時々行く喫茶店がさ、あるんだけど……行く？」

「うん」

あたしはぶりっこするのも忘れて、男の子みたいに大きくうなずいてた。

それからの数時間のことは、よく憶えていない。商店街の外れにある丸太小屋みたいな喫茶店で、好きな映画のこと、音楽のことなんかを、いつまでもいつまでも話していた。

夢のような時間だった。

そして、夢に終わりがあるように、二人の時間にも終わりが来た。

「……ああ、もうこんな時間か。帰らなきゃね」

店の掛け時計は、いつの間にか七時近くを指している。狂っているんじゃないかと思ったけど、困ったことにあたしの時計も同じ時刻を示していた。

「言い忘れてたけどさ……」

「なに？」

「――ありがとう。俺のこと、気を遣《つか》ってくれて」

しばらく考えて、昨日の一件だと気がついた。

「あたしは別に何も――」

「寺沢がいなかったら、俺どうなってたかわからないよ。――とにかく俺、猫は駄目なんだ。お前がかばってくれて、ほんと助かった」

橋爪君は、なんだか自嘲《じちょう》ぎみにそんなことを言ったが、あたしは天にも昇りそうな気持ちだった。

あたしが彼の役に立てた。そのことがとにかく嬉しかったのだ。その嬉しい気持ちが、ひとときの別れの辛さを吹き飛ばしてくれた。

喫茶店を出てすぐ別れ、あたしはほとんどスキップしかねない足取りで自宅に向かって歩き出した。

家に帰っても、お父さんはもちろん、お母さんもまだ戻ってはいない。一人でご飯をレンジにかけて、インスタントのマーボードーフと一緒に食べる。はっきりいってさびしい食事に違いないが、そんなのが気になるどころか、ふわふわと楽しい気分で、時折くすっと思いだし笑いまで出る始末。

でもそんな気分はすぐに破られた。亜矢香から、電話がかかって来たのだ。

「はい、寺沢ですけど」

『あ、絵理？——あのさ……なんだかちょっと、変なことになっててさ……』

はっきりしない口調だ。公衆電話からかららしく、雑音も多い。

「なに？　何なの？」

『——タッチャン……横山君と斎藤君がね、いたずらしようって……』

「いたずら？　いたずらって何のことよ？」

『……だからさ、昨日のあれ、憶えてるでしょ？　橋爪君の。斎藤君が面白いからちょっとからかってやろうって。それでね……』

「橋爪君？　橋爪君がどうかしたの？」

亜矢香の話は一向に要領を得なかったが、あたしは嫌な予感がした。

『……だから、野良猫をね、斎藤君が何匹か捕まえて来たのよ。三匹、だったかな？　あ、いや、四匹、だったかな？』

「どっちでもいいわよ！　それで？」

『うん、それでね、その猫をさ、橋爪君の部屋に放り込んだって、そう言うのよ』

あんな小さな子猫にさえ、脂汗を流して逃げてしまった橋爪君――その彼の部屋に、野良猫を何匹も……？

「ひどい……」

あたしは思わず呟《つぶや》いていた。

亜矢香はくどくどと言いわけのように喋り続けている。

『だからさ、あたしもね、ちょっとやりすぎなんじゃないの、って言ったんだけどさ、斎藤君がどうしてもやりたがって――』

あたしは受話器を叩きつけると、何も持たずに玄関へ駆け出していた。靴をつっかけると、鍵をかけるのも忘れて外へ飛び出した。

橋爪君が単なる猫アレルギーに過ぎなかったとしても、これはいたずらなんかではすまないかもしれない。なんだかよく分からないけど、アレルギーのショック症状とかで死ぬ人もいたはずだ。橋爪君のあの様子からすると、精神面のショックだって並大抵のものではないだろう。

それが友達のすることだろうか。あたしには信じられない。あいつらは最低だ。

あたしは胸がつぶれそうな思いで、走りに走った。

橋爪君の家には、亜矢香や横山君と行ったことがあったから、近道も分かっていた。でも、ご飯を食べた直後に走ったせいだろう、右の脇腹が急に痛みだし、まともに歩くことも辛くなった。よろよろと体を折り曲げながら橋爪君の立派な家の前にたどり着いた時には、亜矢香の電話から優に二十分以上は経っていた。

野良猫の騒ぐ声くらいは聞こえて来るものと思っていたのに、あたしが蹴飛ばした小石の転がる音も響き渡るくらい、あたりは静かだった。

門柱にとりつけられたインタフォンのボタンを押す。スピーカーを通して中でチャイムが鳴っているのが分かるが、しばらく待っても返事はなかった。

アルミの門は、いっぱいに開かれている。あたしはごくりと唾《つば》を飲み込んで、玄関ポーチへと上がった。

きっと、あいつらは来なかったんだ。だからこんなに静かなんだ……。そんな気持ちに反して、あたしの手はドアノブに伸びていた。

こんなことはやめてさっさと家へ戻ろう、そう思いながらノブを回すと、まるで自分の意志みたいにドアが開いた。

違う、あたしが開けたんじゃない、ドアが勝手に開いただけだ……あたしは何もしてない——。

そっと玄関を覗き込むと、三和土《たたき》には乱暴に脱ぎ捨てられた汚いスニーカーが二足ある。几帳面な橋爪君の靴だとは思えなかった。

「こん……ばんは。あの！　どなたかいらっしゃい——」

突然、わあっという悲鳴のような声が聞こえ、続いて雷のような音を響かせて、何かが階段を転げ落ちて来た。

「きゃあっ！」

あたしは驚いて飛びすさった。

玄関の三和土にまで転がり落ちて来たのは、横山だった。

しばらく三和土の上で丸くなって、呻《うめ》き声をあげていたが、ふらふらと立ち上がると、ものすごい形相で、あたしの方へ向かって来る。

「よ……横山君……大丈夫？」

どこか怪我でもしているのではないかと思ってあたしは言ったが、彼は聞いていなかった。

額から血を流し、真っ青な顔で目を大きく見開いている。

「……お……俺は悪くねえ……俺はやめようって言ったんだ……俺は何も知らねえ……」

ぶつぶつと呟きながら、横山はあたしを押しのけるようにして家の外へまろび出た。

「横山君！」

上で何があったのか分からないが、彼が逃げようとしているらしいことに気づいて、あたしの不安はほとんど恐怖に変わった。

「横山君、行かないで！」

あたしは彼の後ろから追いすがると、制服の腰のあたりを摑《つか》んだ。

「上で……上で何があったの？　……橋爪君は？」

橋爪君、というあたしの言葉に、横山はびくんと反応したみたいに見えた。

「知らねえって言ってるだろ！　俺は何も知らねえ！」

そんなパワーが残っていたのかと思うほどの力で、彼はあたしの手を振りほどき、つんのめるようにして走り出した。

追うべきか中を見に行くべきか迷っている間に、彼の姿はどんどん遠ざかってしまう。

もう考えている余地はない。斎藤と横山達のいたずらが、何かよくない事を引き起こしたのは間違いない。横山のあの尋常ではない怯《おび》え方を見ると、やっぱり最悪の事態に……？

「橋爪君！」

橋爪君か、家族の誰かが返事をしてくれることを願って、あたしは玄関から大声で叫んだ。

「……すいません、どなたか……どなたかいらっしゃいませんか！」

あたしの呼びかけに応えたのは、苦しそうな呻き声だけだった。

階段の上。

「は……橋爪君？」

橋爪君が、怪我でもしていたら。あたしは恐怖を抑え、靴を脱いで上がると、階段の下に立って上を見上げた。何も見えはしない。

あたしはしばらくそこでためらっていたけど、もう一度呻き声が聞こえた時、覚悟を決めて昇り始めた。

さっきのように誰かが転げ落ちて来るかもしれないと思い、精一杯体を端に寄せ、壁を這うように進む。

二階の廊下に、学生服の誰かが倒れているのが目に入った。呻き声の主だ。あたしは慌《あわ》てて最後の階段を駆け上がってその人影に近寄った。

「橋爪君?」

 うつぶせに倒れているその学生服が橋爪君でないことは、後頭部を見ただけですぐに分かった。斎藤だ。倒れているのは斎藤だ。怪我をしているようだが、助け起こす気にはなれなかった。


 橋爪君は? 橋爪君はどうしたんだろう? たちの悪いいたずらに腹を立て、斎藤を殴り倒したんだろうか? それならはっきりっていい気味だし、自業自得というものだ。殴りあって、斎藤以上にひどい怪我をしてるんじゃないだろうか?

 何も返事のないのが心配だった。


 廊下の突きあたりで、半開きのドアがあたしを誘うように揺れている。橋爪君の部屋だ。その時、その部屋の前から倒れている斎藤のところまで、血痕が続いているのに気づいて戦慄(せんりつ)した。相当ひどい怪我をしたようだ。あの優しい橋爪君が、こんなひどいことを……?


 あたしは呆然としながらも、一歩ずつ足を前へ運んでいた。

 橋爪君、橋爪君……そう呟きながら。

 血の筋を踏まないようにしながら、ドアの前にたどり着く。

「橋爪……君?」

あたしは手をそっと伸ばし、人差し指の先でドアを突いた。内開きのドアは音もなくすうっと開いていく。二度ほど訪れたことのある、彼の部屋。一人で入るのは初めてね、とあたしは思った。

小学校の時から使っているはずなのに、驚くほどきれいな木製の学習机が右手にある。接するようにして同じ色合いの本棚。左手の窓際には気持ちのよさそうなフランスベッド。そのベッドの足元あたりに、橋爪君が背を向けてうずくまっていた。

背中が小刻みに震え、嗚咽《おえつ》のような声が漏れている。

大丈夫だった！　恐怖のあまり震えているのかもしれないが、とにかく無事でいてくれた。

あたしは安堵《あんど》のあまり、橋爪君に駆けより、その震える背中に抱きついていた。

「……ああ！　橋爪君……よかった……」

緊張が緩《ゆる》んだせいか、頬を温かいものが伝う。

「……寺沢……か？」

確かに橋爪君の声のようだったが、ひどく奇妙に響いた。あたしはふと顔をあげ、肩越しに振り向いた彼の顔を見て息を呑んだ。

顔が、血まみれだったのだ。

「は……橋爪君、殴られたの？」

そう聞き返した途端、彼は血まみれの口を開けてにやりと笑った。

「……そうじゃないよ……そうじゃない。俺は大丈夫さ。今までにないくらい、元気だよ」

彼が喋るたび、口から血や、肉片が飛び散る。あたしのセーラー服にも赤い染みが点々と付くが、恐怖のあまり身動き一つできなかった。

「……俺は、怖かったんだよ。ずっと怖かったんだ。別に子供のころ咬まれたとか、猫アレルギーとか、そんなことじゃない。——あいつらを見るたびに、自分を抑えられなくなるのが、怖かったんだよ」

橋爪君の前には、血まみれのモップが山積みになっていた——いや、モップなんかじゃない。それは、首を引きちぎられた野良猫の死骸だった。

「あの小さな頭を砕いて、脳みそをすすったらどんな味がするだろう——それを試してみたくて仕方がなかったんだ。だからずっとあいつらには近寄らないようにして来た。——でも斎藤と横山の馬鹿が、わざわざ俺の部屋に段ボールに入れたこいつらを運んで来て、開けてみろって言いやがったんだ」

頭から血液がすうっと下がり、意識が遠のいていくような気がした。信じられない、信じたくない……橋爪君が……優しい橋爪君が、その口で……血まみれの口で……！

「今までずっと我慢してたのが、馬鹿みたいだよ。犯罪でもなんでもないんだしな。——

そうだよ、もう怖がる必要なんかないんだ。俺はもう、あんなもの怖くもなんともないよ」

赤い血まみれの舌が、同じ血にまみれた唇をぺろりと舐《な》める。

「もう怖いものなんか何もないよ。俺には——」

その時、ぎしぎしと階段の軋《きし》む音と、低い呻き声がドアの外から聞こえて来た。斎藤が、這いずりながら階段を降りようとしているのだ。

橋爪君はしばらくその音に耳を澄ませているようだったが、やがてすうっと立ち上がった。膝に載せていたらしい、砕かれた猫の頭がぼとりとカーペットの上に落ちる。

「いや、何もないことはないな。——斎藤が怖いよ。今度は斎藤が怖い」

橋爪君は何がおかしいのかクスクスと笑いながら、廊下へと出て行った。

斎藤の断末魔の悲鳴をあたしは聞かなかった。どんどんと何かが床にぶつかる音や、スイカがつぶれるようなぐしゃりという音も、あたしは聞かなかった。

そしてその後の静寂の中に響いた、まるで猫がミルクを舐めるようなぺちゃぺちゃという音も、あたしは聞かなかった。

あたしには何も聞こえなかった。

春爛漫

およそどんな事件にも、その萌芽というものがあるはずだ。誰もが見過ごしてしまいそうなほど些細だが、それこそがすべての始まりであるような瞬間が。

中原雄輔《なかはらゆうすけ》の事件の場合は、一九九五年の十月三日火曜日、午後十一時過ぎというのがそれにあたるだろう。『根』はもっと深いところにあったにせよ、『芽』を発見したのはその時だったのだから――。

【十月三日】

彼は会社から帰宅し、夕食を手早く済ませて風呂に入っていたところだった。プロ野球ニュースを見たかったので、長風呂をするつもりはない。

ついこの間まで夏だったというのに近ごろ急に寒くなった――熱い湯につかると、体が芯まで冷えきっていることが改めて感じられ、雄輔はそんなことを思った。

湯からあがると、まず体を洗う。妻の静香《しずか》は、先に頭を洗わないと髪の汚れが体につくのだと言って順番を変えさせようとしたが、結婚して十年たった今でも、幼い頃からの習慣を変えることはできなかった。

体を洗い終わって頭にシャンプーをつけ、泡立てようとした時だった。頭頂部の真ん中に軽いかゆみをおぼえることに気づき、勢いよく指で掻いたのだ。その瞬間、脳髄の奥までずきりと痛みが走り、思わず声を上げていた。

「……つっ！」

できものが、あるようだ。この痛みからすると、どうやらひどく化膿しているに違いない。おとといは何もなかったはずだから、この一両日中にできたのだろう。

おそるおそる痛みの中心を指で探る。皮膚が裂けたのか、触れるとシャンプーがしみて痛い。指先には、案の定、血がついてきた。

「おおい！　ちょっと来てくれ！」

何度か声を張り上げると、やっと聞こえたらしく妻が風呂場の戸を開けて覗く。

「なーに。どうかした？」

「ちょっと、頭見てくれないか。できものをつぶしちまったみたいなんだけど……」

「できもの？　……あらやだ。血がいっぱい出てるわよ。こんなとこじゃ絆創膏《ばんそうこう》も貼れないし……困ったわね。とにかく早くあがってちょうだい」

仕方なく、つけたばかりのシャンプーを洗い流すのもそこそこに、彼は風呂場を出て体を拭いた。そっとバスタオルで頭を押さえると、わずかに血がついてくる。もう止まりはじめているのか、思ったほどひどくはないようだ。タオルで頭を包むようにして、軽く水分を取ったところへ、妻がガーゼと消毒液を持って戻って来た。

「たいしたことなさそうだ」

そう言っても彼女は聞き入れず、彼を屈ませてガーゼで傷口をぽんぽんと叩く。

「ハゲちゃったりしたら、若い子にもてなくなるわよ」

「若い子だって？　……香菜《かな》のことか？　そりゃ困るな」

彼は言って、笑い飛ばした。

実際、娘の香菜が生まれてから、浮気どころか、酒の誘いも断って毎日まっすぐ帰宅するようになった。静香がやきもちを焼くほど、可愛がったものだ。その傾向は香菜が八歳になった今、変わるどころかますます強くなっていて同僚や親戚の失笑を買っている。

「……何だかもう、かさぶたみたいなのができてるわよ。血は止まったみたいね」

プロ野球ニュースの時間になったので、返事もそこそこに、彼はテレビの前に陣取った。ビールを飲み、テレビを見ているうちに、小さな傷口のことなどすっかり忘れてしまった。

良き妻に、最愛の娘。くつろぎのひととき。今日が、文句なしに幸せだった数年間の最後の一日になろうとは、もちろん雄輔は気づいてはいなかった。

【十月四日】

その急患が運ばれて来た時、里村《さとむら》病院の外科医北川雅治《きたがわまさはる》は、喫茶室で昼食後の一服をゆっくりと楽しみながら、昨夜のプレイを思い返しているところだった。あてがわれた女はさほどの美人ではなかったが、演技はプロらしく、真に迫ったものだった。彼が鞭を振るうと、怯《おび》えた顔の中に媚びるような表情を見せながら泣き叫ぶ。彼を昇りつめさせるテクニックの数々をきちんと心得ていた。

忙しい一日の中で、唯一といっていい自分のための時間。これからまた回診と手術が控えている。手術は盲腸だから特に大変というわけではないが、やはりあの緊張に耐え抜くためには、どうしてもリラックスの場が必要だった。こうして官能の記憶を呼びさますことが、自分の場合それに当たるのだと彼は思っていた。

そしてもちろん、それだけでは不充分だ。一ヶ月、二ヶ月と積み重なったストレスを発散するには、またあのクラブに行く必要があるだろう。来月——いや、次の休みには必ず行こう……。

「外科の北川先生、外科の北川先生、至急外科診療室にお戻りください。外科の北川先生……」

院内放送が、自分の名を呼んでいることに気づいて、彼は苛立《いらだ》たしげに煙草の火を消し、立ち上がった。もうすでにその頭の中から、昨夜のＳＭクラブでの情景は消え去っていた。

患者の名前は、中原雄輔。三十八歳。大手電機メーカーの課長。会社で執務中、突然頭痛を訴えて倒れ、以来昏睡《こんすい》状態が続いているとのこと。

頭部に打撲などの痕跡《こんせき》はないが、頭頂部の皮膚がヒトデのような形に盛り上がっているのが奇妙だった。呼吸、心音は安定しており、生命の危険はとりあえずなさそうだと分かると、レントゲンの結果を待つ間、駆けつけた家族に話を聞くことにした。

妻だという女性は、患者よりも五、六歳年下と思われるスリムな美人で、明らかに血がつながっていると分かる可愛い少女を連れていた。

二人は共に、心配のあまり眉を苦しげに歪めていて、北川はエロティックな連想を抑えこむのに苦労した。

妻の話によれば、ここ数年大きな病気もしていなければ、体の不調を訴えたこともなかったという。

「頭が痛いとか、めまいがするとか、そういったこともありませんでしたか？」

彼が訊ねると、彼女はいったん首を横に振りかけて、思い出したように言った。

「そういえば……いえ、関係ないかしら……」

「何です？」

「……実はゆうべ、頭を洗っているとき、ひっ掻いてできものをつぶしてしまったみたいなんです。少し出血したんですが、すぐに止まったんでたいして気にかけなくて――」

彼はヒトデ状のかさぶたを思い出してうなずいた。

「たぶん関係はないでしょう。――いずれにしろ、検査の結果が出るまで、しばらくお待ちください」

根拠のない気休めを言うつもりはなかった。彼は椅子を回して質問が終わったことを示し、彼女を出ていかせた。

やがて嶋村《しまむら》看護婦が、青ざめた顔で、レントゲン写真の袋を届けに来た。

「……顔色が悪いな。病院の信用にかかわるぞ」

彼の軽口にも彼女はまったく反応せず、黙って写真を渡した。彼は訝《いぶか》しく思いながら写真を引き出すと、座ったまま部屋の明かりにかざして眺める。

「……何だこりゃ」

半ば呆然《ぼうぜん》として、医師らしからぬ声を上げてしまう。それほど不可解なものがそこには写っていた。慌《あわ》てて立ち上がると、じっくり見るための写真台――シャーカステンに差し込んでライトをつける。

少し若いが脳卒中、そうでなければ腫瘍《しゅよう》の類、そして――外傷はないが――打撲による脳震盪《のうしんとう》、脳内出血のどれかだろうと予測していた。しかしどの写真を見ても、彼が知っているどのような異常とも一致しない影がそこにはあった。

頭頂部から内部へ、細く放射状に伸びた幾筋もの影。血液がこんなふうに拡がるはずはなかったし、もちろん腫瘍ではありえない。

驚きから立ち直ると、すぐに妻の話とヒトデ状のかさぶたを思い出した。この影は、明らかにあのかさぶたに集中している。一体何か分からないが、あれはただのかさぶたではなく、異常の原因そのものである可能性も出てきた。可能ならば一部を切り取って検査に回した方がいいかもしれない。

「院長にもこれを見せてきてくれ。わたしはＩＣＵの方にいるから」

看護婦に言って写真を返すと、彼は患者のいる集中治療室へ向かった。脳外科が専門である里村院長なら、何かこういった事例を知っているかもしれないと思ってのことだった。

中に入ると、看護婦が一人でいくつもの計器をモニターしていた。

「容体は？」

「脳波はやや不安定ですが、他は異常ありません」

北川はうなずいて、患者の頭部に回り、例のかさぶたを調べにかかった。いわゆるかさぶたでないことは、指で触れればすぐに分かった。ヒトデ状の中心部が鋭く盛り上がっていて、かさぶたにしてはしなやかで、爪を立てても削れないほどの強さもある。

「明かりを」

看護婦に命じてライトを当てさせ、じっくりと観察する。

驚いたのは、皮膚の上にへばりついているのだと思っていたのが、実際には頭皮を破って下から盛り上がっているものらしいということだ。——そして、レントゲンによれば頭《ず》蓋骨《がいこつ》内部、脳内にまでこいつはつながっているということになる。

「何だと思うね？」

「……こぶ、みたいに見えますけど」

彼女は自信なげに答える。

「こぶ、ね。だといいが……。今からサンプルを採取するから、生体検査に回してくれ」


【十月五日】

院長も、なみなみならぬ関心は示したものの、影の正体が何なのかということについてはまったく判断がつかないようだった。結局、翌日になって生体検査の結果が出るまで、できることは何もなかった。闇雲に頭を開いてみたところで手のつけようもないし、自分の手に負える患者ではないかもしれないと漠然と感じてもいた。

外来が終わり、昼食を食べ終えた後でも検査結果が届かないのを不審に思い、北川は直接、生体検査研究所に電話してみることにした。

「もしもし、里村病院の北川と申しますが……昨日依頼した検査のことで——」

「ちょっとお待ちください」

送話口を手で押さえたらしいが、電話の向こうで何やら慌ただしいやり取りをしているらしいことが分かる。

「……お待たせしました。えー……少々確認したいのですが――」

「ええ、どうぞ」

「サンプルは、三十八歳の男性の頭皮から採取されたとか……それに間違いありませんか？」

何か妙な口調だ。異常なほどこちらの態度を気にしている様子がひしひしと伝わってくる。恐ろしい結果でも出たのだろうか？

「間違いありませんが……結果は出たんでしょうか？　奇妙な事例ですんで、なるべく急いでお願いしたいと申し上げたはずなんですが――」

「ええ、ええ、憶えてます。結果は出るには出たんですが……そのう……いたずら、ではないでしょうね」

分からないことを言う。

「いたずら？　いたずらって、どういう意味ですか。こちらは人の命を預かってるんです。いたずらなんかしてる余裕はありませんよ」

苛々《いらいら》してきたこともあって、少し語気を強める。

「分かりました。では、こちらも冗談やいたずらなんかをするつもりはないということを、まず初めに申し上げておきます」

冗談？　いたずら？　一体この男は何を言おうとしているのだろう——。

「綿密な検査の結果、送付されたサンプルは、人体の一部ではないことが判明しました。ですから、腫瘍や皮膚病なども一切関係ありません」

「人体の一部じゃないってあんた……わたしがこの手で患者の頭から——」

唖然《あぜん》として言いかけた北川を、電話の向こう側の男はさえぎった。

「まだ続きがあります。人体の一部でないと分かっただけではありません。あれは植物でした。植物の根、あるいは茎の部分だと思われます」

植物——！　そんな馬鹿なことがありうるだろうか？　何かの手違いで、サンプルを取り違える事故はまったくないわけではない。しかし、一体どこの馬鹿が植物を検査に出すというのだ？

北川は、信じられないと思う一方で、レントゲンの不気味な影を思い起こしていた。あれは今にして思えば、植物の根のようではなかったか？

「それで……その……植物、というのは一体何だったんです？　人体に寄生するたぐいの植物ですか？」

カビ以外にそんな例があるとは知らなかったが、北川はそう訊ねた。

「それは分かりません。植物は専門じゃないので。——何なら心当たりがないでもないですから、調べてもらいましょうか？」

「そうしていただけると助かります」

一瞬の沈黙の後、電話の男は声を落として言った。

「……本当に、あれを頭皮から採ったんですか？」

「ええ」

さっきよりも長くきまりの悪い沈黙が訪れ、やがて北川の方からもごもご礼を述べて電話を切った。

植物――。彼は改めて、その事実の意味を考えた。

もし、もしこれが何かの間違いでなかったら、あの患者――中原雄輔は植物の根によって脳を侵され、その圧迫によって昏睡状態に陥ったと推定できる。レントゲンによれば、その根は脳の三分の一ほどの深さにまで食い込んでいる。脳を傷つけずにすべての根を取り去ることは極めて困難に違いない。といって手をこまねいていれば、その植物は生長を続け、やはり彼の脳は破壊されてしまうだろう。

突然北川は、あることに気がついて戦慄した。

――一体あの植物は、あそこまで生長する段階で、どこから養分を取ったのだろう？

「葉」に当たる部分がない以上、光合成をすることは不可能なはずだ。だとすると……。

しかし北川がそういった数々の心配をする必要は、すぐになくなった。なぜなら、その夜彼の知らない間に、患者自体がいなくなってしまったからである。

翌朝院長に問い質《ただ》しても、適切な処置ができる病院に移送したとしか答えてはくれず、その病院名についてさえ口を濁した。その態度を奇妙には感じたものの、それを追及し、患者を取り戻したいなどとは思わなかった。どのみち自分の手に負える患者ではなかったのだ。肩の荷が下りてほっとしたというのが正直なところだった。

【十月六日】

夫の様子を見に、香菜を連れてマンションを出ようとしていた時だった。中原静香は見知らぬ二人の男の訪問を受けた。

玄関先で、香菜の手をつなぎ、ハンドバッグをもう片方の手に持ったまま、静香は男達と対峙した。

「何でしょう……?」

彼女は訊ねたが、直感的に夫のことだと認識はしていた。それが決していい報せではないだろうことも。

「残念ですが、ご主人は昨夜、急に容体が悪化いたしまして――」

一人の男が無表情に言って、言葉を切る。静香の唇がわなわなと震えだす。もう一人の男が重々しく頭を下げて言い添えた。

「……ご愁傷様です」

膝の力が抜けてへたり込んだ母親を、娘は不思議そうに見つめる。男達は喋り続けていた。

「申し上げにくいことなんですが、強力な伝染病であったことが判明いたしましたので、ご遺体はすぐに焼却処分せざるを得ませんでした。ご理解ください」

通常の状態ならショックを受けたであろうそんな言葉も、呆然としたままの静香の耳には意味のあるものとして届かなかった。

たった数日前、ぴんぴんして帰宅した夫が、もはやこの世にない――。

原因不明の昏睡状態に陥った時にそのような可能性はもちろん考えてはいたが、それがいざ現実になってみると、不意打ち以外の何ものでもなかった。

「……ねえ、パパ死んだの？」

香菜の言葉に、静香は思わず娘を強く抱き寄せ、号泣し始めていた。

男達は動じることなく、軽く頭を下げると黙って立ち去った。

静香が、彼らが一度も名乗らなかったことに気づいたのは葬儀を終えてからで、〝強力な伝染病〟患者の家を訪れるにしてはひどく無防備だったことに気づいたのは、さらにずっと後のことだった。

【＊月＊日】

彼は長い夢を見ていた。決して悪夢ではない。ふんわりとした雲の中を歩いたり、桃源《とうげん》郷《きょう》のようなところで寝転んでみたり。唯一の不満は家族がいないことだった。香菜が、そして静香がここにいてくれたらもっと幸せなのに――。

長い眠りから覚め、中原雄輔はゆっくりとまぶたを開いていった。

忙しく動き回る幾人もの白い男達。桃源郷とは程遠い冷たい機械の群れ。記憶をたどっても、どうして自分がこんなところにいるのか、どうしても理解できなかった。

最後の記憶――そう、今朝俺はいつもどおり会社へ出社した。そして……そうだ。急に頭が痛くなったのは憶えている。そしてすうっとヴェールが降りるようにして、意識が遠くなったのだった。俺は病院に入れられたのだろうか？　そして、長い間意識を失っていたのだろうか？

少しずつ、ほんとうに少しずつ、目から入ってくるいくつもの情報を咀嚼《そしゃく》し、自分の置かれた状況を組み立てていかなければならなかった。

頭を動かすことができないので後ろ側は分からないが、どうやら半球形のドームの中央にいるようだ。そして彼の正面の壁には大きな四角いガラスがはめ込まれていて、彼の方をじっと見つめている数人の男達がいる。

縛られているとか、そういった拘束感は全くないのに、なぜか力が入らず体を動かすことはできなかった。

「ここは、一体どこだ……？」

そう訊ねたかったが、唇を動かすこともできず、誰一人彼が目を覚ましていることに気づいている様子もない。

あるいはこれもまた、夢の続きなのだろうか？　このかなしばりのような状態は夢を思わせるが、目に入るものは細部までくっきりとしていて現実的だ。同じ夢ならばさっきの夢に戻ってくれないものだろうかと彼は切実に願った。

「誰か……誰か気がついてくれ……！」

意志の力を総動員して唇を動かし、声をあげようとした。そこで、自分がほとんど息らしい息をしていないことに気づいて愕然《がくぜん》とする。息を吐けない以上、声の出るわけがない。そして息をしていないということは、すなわちこれが現実ではないことの証明だ。そうではないか？

唐突に男達の間で、慌ただしい動きが見られた。じっと見つめていると、ガラスの向こうでこちらを指差して何やら叫びあっている。やがてドアが開き、ガラスの向こうにいた男達がこちらへ近づいて来た。

縁なしの眼鏡をかけた銀髪の男が、彼の正面に立ってじっと見上げた。その時まで気づかなかったのだが、雄輔の身体は高さ一メートルほどの台の上で直立しているようだ。男は他の連中と同様白衣を着ていて、医者のようでもあり、マッド・サイエンティストのようでもある。

「……我々が、見えるのかね？」

見える、と答えたつもりだったが、またしても言葉にはならなかった。

「痙攣《けいれん》でも起こして、まぶたが開いただけじゃないですか？」

隣の若い男が、神経質そうにまばたきしながら言った。

違う、俺は見えてる――そう叫びたかった。余計なことを口にする男に、憎悪さえ覚えた。

「いや、見ろ。眼球が動いてるじゃないか！　……脳波は？　おい、誰がモニターしとるんだ！」

男は後方に怒鳴ってから、雄輔の方へ向き直って二、三歩近づいた。

「まばたきできるんだな？　分かるという証拠に、二回、まばたきをしてみてくれ」

雄輔が素早く二回、まばたきをすると、男は誇らしげに周りを見渡した。

「素晴らしい！　言語能力まで残ってるじゃないか。見たか？　見たな？　無駄じゃなかった。我々のやってきたことは、無駄じゃなかったんだ！」

雄輔には、訊ねたいことが山ほどあった。自分はどうなったのか、ここはどこなのか、家族にはいつ会わせてもらえるのか、今日は一体何日なのか。

「よし。じゃあこれからいくつか質問をするから、イエスの時は一回、ノーの時は二回、まばたきをしてくれ。いいね？」

雄輔はゆっくりと一回、まばたきをした。

男は、うれしくて仕方がない様子で、矢継ぎ早に質問を投げかける。

「気分はどうだね？　どこか痛くないかね？　眠くはないかね？　そうだ！　何か、欲しいものはないか？」

欲しいもの――。

彼は強く肯定したつもりで、何度も何度もまばたきを繰り返したので、男は聞き返さねばならなかった。

「欲しいものがあるのか？」

雄輔は、気を取り直して、一度だけ、まばたきをした。

「何だね？　固形物は無理だと思うが、飲み物なら何とかなるかもしれん。喉が渇いているのか？」

彼は必死で、まばたきを繰り返した。

そんなものではなかった。彼が欲しているのは、家族の顔を見ること、香菜と静香に会わせてもらうことだけだった。しかし、まばたきしかできない今の状況では、それを説明することは不可能に近い。男が気を回して質問してくれない限りは。

しかし雄輔がどんなに訴えるような目つきで男を見ても、家族に関する言葉は一言も出なかった。まるでそんなものは存在しないかのように。

香菜は、そして静香はこの広いドームのどこからか彼を見ているのではないだろうか？　もし彼が病気で倒れたのなら、そしてここがその治療のための施設なら、どこかで待っていたとしてもなんの不思議もないはずだ。

頭を巡らせて家族の姿を探すことすらできず、もどかしさのあまり涙がにじんだのを、男は誤解したようだった。

「……ああ、疲れさせてしまったようだな。そうだ！　明日になったら、もう少し楽に会話できる方法を考えよう。わたしにいい考えがある」

男は振り向いて、何かの合図をしたようだった。

「あまり一度に何もかも理解しようなどと思わない方がいい。君の状況については、おいおい説明させてもらう。今は少し休みたまえ」

その言葉と共に、異様な眠気が襲ってきた。雲の上を歩くような気持ちのよい眠りではなく、すっぽりと上からマントを被せられたような漆黒の眠り——。抵抗しようとしても抵抗できず、彼はその眠りの中に引きずり込まれていった。

【＊月＊日】

夢も見ない眠りから覚めた時、雄輔の目の前には大きなディスプレイが据えつけられていた。そしてどうやら彼の左眼のすぐ前にも、何やら機械らしき物が取りつけられているようだった。

あの銀髪の男は、彼が目覚めるのを待ち構えていたかのようににこにこと微笑《ほほえ》みながら、そのディスプレイの横に立っている。

「おはよう。これが、昨日約束したものだ。……ディスプレイを見てみたまえ」

前面のスイッチを押すと電源が入り、ディスプレイにはひらがなの五十音といくつかの記号が、画面一杯にずらりと表示される。その五十音の間を、蝶のようなものがひらひらと飛び回っているように見えた。

「どこか一つの字をじっと見つめてみたまえ。君の視線が、あのカーソルを動かしているんだ。どれか一つの字の上でまばたきをすれば、その字は上部の文エリアに入力される。……どうだ、簡単だろう？」

口で言うのは簡単だが、実際には大変なものだった。何しろ、文字を選ぶ時以外でも、ついまばたきをしてしまうということは当然ある。その時に入力されてしまった文字をいちいち消しながら、二分以上かかって次のような文章を何とか作ることができた。

『わたしはどうなったのですか』

男は、答えるべきかどうかしばし考えあぐねている様子だったが、やがて話しだした。

「……聞きたがるのは当然だ。君は今自分の体を見ることもできないのだからね。正直に言おう。——君はある機械を納入するために、実はここに来たことがあるんだよ。憶えてないかな？」

雄輔はまばたきを二回した。

「植物の遺伝子組み換え実験を行っているＰ３施設だよ。危険な実験を行っているわけではないこともあって、比較的安全チェックも緩《ゆる》やかだった。どんなひどい偶然が重なったのか分からないが、わたし達の心の隙をついて、いわゆるバイオハザードが発生してしまった」

バイオハザード——俺は、何かウイルスのような生物兵器にやられて動けなくなってしまったのだろうか？　それは単に病気で動けないという以上に、いいしれぬ不気味さがあった。

「……君は、ある植物の種を、その体につけて外へ出てしまったようなんだ。それが驚いたことに、君の頭皮に根を下ろしてしまった」

植物の種……？　彼は一瞬にして、倒れる前夜頭を掻きむしったことを思い出していた。

「そして……極めて残念ながら、君の体を……うん、まあ何というか……ひどい状態にしてしまった。通常の医学的手段では、助けることはできないほどにね。我々の責任において、君を助けるために可能な限りの――」

雄輔は苛々しながら言葉を入力し、男をさえぎった。

『どんなじょうたいなんです』

「どんな状態といわれても……見ればすぐ分かってもらえると思うんだが――見たいかね？　まあ、どうしても見たいというのなら、このディスプレイに映像を映しだすことだってできるが……？」

雄輔は、一瞬躊躇《ちゅうちょ》したが、しかしまばたきを返した。そしてさらに五十音を拾い、『みたい』と入力した。

「……そうか、君にとってはおそらく相当ショッキングな状態だろうから、覚悟はしておいてくれ。いいね？」

雄輔がふたたびまばたきを返すと、一旦ディスプレイの文字が消え、真っ暗になった後、カメラの映像が映しだされる。どうも、雄輔の正面に当たるガラスの向こう側からこちらを捉えた映像のようだった。銀髪の男の後ろ姿と、でんと置かれたディスプレイが見えている。その向こうに自分も映っているはずだったが、目をこらしてもそれらしい人影は見当たらない。

見えるのは、ただ奇妙にねじくれた満開の桜の樹。地中から引き抜かれたかのように、その根を空中にさらしているが、ところどころで短く切断されている。

その根の間で見え隠れするものが何であるかに気づいて、雄輔は悲鳴をあげ始めた。決して声にならない、長い長い悲鳴。絶望と、恐怖と畏怖の混ざりあった悲鳴。頭上からざわざわと音がしてピンク色の花びらが舞い降りてくる。

雄輔自身が、そこにいる。いや、かつて中原雄輔だったもの、と言った方が事実に近いかもしれない。

まず、人間の頭に相当するものはほとんど失われていた。残っているのは、眼と鼻の一部だけで、他はすべて肉塊とごつごつした樹の根が判別のつかない状態で混ざりあっている。かつて口であった部分から、頰《ほお》から、耳から、根が思い思いの方向へ突き出している。

身体は、さらにひどい状態だった。干からびた体内を突き抜けた根が脇腹を、太股《ふともも》を、そして足の先端を突き破って伸びていた。体の機能が破壊されていなかったとしても、到底動けるはずなどなかった。

「君が入院した時には既に、脳の奥深くに桜の根が入り込んでいて、通常の処置はどう考えても不可能だった。しかし放っておけば、生長した根が君の脳を押しつぶしてしまうのは明白だ。——結局我々は、根が生長しても、君の脳ができるだけ圧迫されないようにするしかなかったんだ。つまり、頭蓋骨を取り去ることだ。毎日、根の生長を観察しつつ、脳の損傷を最小限に食い止めるよう、努力し続けてきた。君はもう昏睡からさめることはないだろうという意見が大半だったが、わたしは君の脳が完全にその機能を止めるまで、このプロジェクトを捨てる気はなかった。しかし今」

彼は言葉を切って、あらためて雄輔を見返した。

「奇跡的に君は蘇った。肉体のほとんどは失ったが、君は生きている。生きているんだよ」

雄輔はまばたきもせず、ディスプレイの中の、人間と植物のグロテスクな交合に見入っていた。

桜の樹の根は死体を抱いているのだと、ある作家が書いていたことを思い出した。この「俺の」桜は生きた人間を抱き、その人間の生き血を、精気を吸って歓喜の声をあげんばかりに咲き誇っている。

不意に、香菜を連れ、上野の桜を見に行ったことがあるのを思い出し、涙が溢れてきた。今の醜い姿を香菜や静香が見たら一体どうするだろうか？　考えたくはなかった。この手に抱くことも、触れることもかなわないのなら、こんな姿を彼らの前にさらしたくはなかった。

こんな状態を生きていると呼べるのだろうか。これならあっさり死んでいた方が――。

しかし俺には、自殺する自由さえもない。

花びらがはらはらと研究室の男達の上に舞い落ちる。慌てて飛びすさり、白衣に貼りついた花びらを嫌悪の表情を浮かべて払い落とす男がいた。自分も同じ目に遭うことを恐れているのか、それとも雄輔の血を吸ったかもしれない花びらを嫌がったのかは分からなかった。

雄輔は、ディスプレイと銀髪の男を交互に見やり、話がしたいことを分かってもらおうとした。とんちんかんなやり取りのあげく、ようやく五十音に切り替えてくれる。

彼はこれまで以上にゆっくりと、一字一句間違えないように、文章を綴った。

『おねがいだからころしてくれ』

間違いのないことを確認すると、目を閉じた。もう二度と開くつもりはなかった。

芋羊羹

【松川耕一《まつかわこういち》】

ランチタイムには溢れるほどいた客達も、午後も二時を過ぎると数えるばかりになった。耕一が広い店内をぐるりと見渡して数えたところによると、彼を含めてわずかに七人。

夏の営業の途中などはよくこんなふうにファミリーレストランや喫茶店に逃げ込んで一息ついたものだった。ずっとこうしていられたら——そんな考えを持っていたことを思い出し、彼は自虐的に笑った。

耕一は陽光の溢れる街路に目を向けながら、会社をくびになったことをどうやって妻の菜摘《なつみ》に伝えようかと再び考え始めた。

『頭に来ることがあってさ、仕事、やめることにしたよ』とでも言うか？

前半は、嘘ではない。彼の性格上、この精密機器メーカーで営業をやり始めてから、かっとなることは何度もあった。無理難題を吹っ掛けるか、苦情を言うしか能のない取引先のお偉いさん連中相手に、昨日まで二年近くも我慢できたことを考えると、自分にしては上出来だったとさえ思える。しかしやはり、取引先の部長——部長補佐だったか？——を殴りつけ、おまけに足蹴にしたのはよくなかった。それも上司と一緒の接待の席で。

耕一はかっとなる質《たち》ではあるが、元来小心者だ。今朝だって、出社するまでに相当悩んだ。どうせくびになるのは決まっているのだから、わざわざ怒鳴られに行って嫌な思いをする必要はないのではないだろうか？　ひどい言葉を投げ付けられたりしたら、今度は重役だろうが社長だろうがおかまいなしに殴ってしまうかもしれない。そしたら今度こそ——。

くびにならずに済むかもしれないという甘い期待は満たされなかったが、また誰かを殴ったりはせずに済んだ。つい先程の上司の言葉が耳に蘇る。——『警察沙汰にはしないでおいてくれるそうだ。それだけでもありがたいと思え』

通りがかったウェイトレスを呼び止め、もう何杯目かも分からないコーヒーのお代わりを頼んだ。

いつまでもここにいたってしょうがないのは分かっている。いずれはアパートに戻り、菜摘に本当のことを言わなければならない。三度目の妊娠で、今度こそ子供が持てると喜んでいる彼女に——。

最初の妊娠は十年前、耕一が二十で菜摘が十九の時だった。もちろんまだ結婚などする前のことだ。お互い学生で収入もなく、二人ともそんな年で子持ちになる気も全くなかった。

　二度目は結婚してすぐ、六年ほど前のことだ。この時は二人で働いていたので収入には多少の余裕があったが、まだまだ遊ぶことに夢中で、お荷物をしょいこむのは嫌だというのが二人の一致した意見だった。

　そして二ヶ月前――『おめでた』という医者の言葉に、初めて素直に喜んだ二人だった。もし産むということになれば、当分の間菜摘の方の収入は当てにできない。これまで以上にバリバリ稼がなければならない時にこんなことになるとは――。

　彼は大きなため息をつくと、煮詰めたような味のコーヒーに口をつけた。

　このご時世、次の仕事がすぐに見つかるとは思えない。彼のように、円満とは言いがたい退職を繰り返している人間にとってはなおのことだ。

「くそっ」

　思わず声に出していた。

　見回すと厨房への入り口に立っている二人のウェイトレスがこちらを見ながら囁《ささや》きあっている。俺のことを変な奴だと言っているのに違いない、と耕一は思った。

　――とにかく、ここで座って考えていたって仕方がない。菜摘に何かいい考えが浮かぶかもしれない。俺に隠してへそくりをしていたりするかもしれない。

　耕一はコーヒーを最後まで飲み干してから立ち上がり、レジに向かった。

【松川菜摘】

実家から送って来た荷物を開いていると、米や野菜に混じって地元の芋羊羹《いもようかん》が二棹《さお》入っているのを見つけた。菜摘の好物なのを思い出して母親が入れてくれたのだろうが、あいにく耕一は和菓子が嫌いだった。一人で全部食べるには少し多い。

ふと、隣に住む、三木《みき》という一人暮らしの老人のことを思った。毎朝挨拶《あいさつ》を交わすおじいさんだが、少し陰気な雰囲気であまり話をしたことはない。あの人ならこういうものを喜ぶのではないだろうか。

そう思い立つとすぐに一棹を持って２０１号のブザーを押していた。

「……どなたですか」

「隣の松川ですけども」

「はいはい」

少しして、チェーンをはずす音がし、ドアが細く開いた。皺《しわ》だらけの皮を張った骸骨《がいこつ》のような顔が覗《のぞ》いて、菜摘は一瞬たじろいだ。

「あ、あのですね、つまらないものなんですけど、田舎から芋羊羹を送って来まして、それで、あの、よかったら少しもらっていただけたらって思って……」

菜摘はそこまで一気にまくしたてた。

ドアの隙間から覗いていた猜疑心《さいぎしん》に満ち満ちた顔がほろりとほころび、ドアが大きく開かれた。

「おやまあこれはこれは……そうですかそうですか。芋羊羹ですか。芋羊羹はわしの大好物でして。……ほんとによろしいんですか、いただいて」

そう言いながら、すでに皺だらけの手が菜摘の持った羊羹に伸びている。

「ええ、どうぞどうぞ。主人は食べないものですから」

「そうですかそうですか、ご主人は食べませんか」

さも嬉しそうに繰り返す。耕一が食べなくてほんとによかったと思っているようだ。大好物というのは誇張でもなんでもなさそうだった。

羊羹を渡して帰ろうとしかけた時、老人の骨ばった手に手首を摑《つか》まれ、悲鳴を上げそうになる。

「今お茶を淹《い》れますので、どうぞ上がってください」

「は、はあ……」

不意をつかれて、断ることもできなかった。

２０１号はもちろん同じ間取りの１ＤＫだが、一人暮らしのせいだろう、家具も少なく広々として見えた。しかし、特に掃除がしてないわけでもないのに、どことなく薄汚れた感じがして、すえた匂いも漂っていた。

六畳間にはまだ布団をかけたままのこたつが置かれていて、テレビに向き合うようにして座布団が一枚だけ敷かれていた。客など滅多に来ないのだろう、座布団はそれしか見当たらなかった。

老人は慌《あわ》てて座布団を手でぱんぱんとはたき、ひっくり返して菜摘の前に敷きなおした。

「ど、どうぞ、座ってください。今お茶淹れますんで」

菜摘はさっさと帰りたい気分だったが、いまさらそうもいかない。そのうち何か口実を見つけて退散しようと思った。

「お子さん方は、近くにいらっしゃらないんですか」

何か話さなくてはと思い、知りたくもないようなことを訊ねた。

老人は、電気ジャーポットから急須に湯を注ぎながら、首を傾《かし》げた。

「いやあ……」

「ずっと、独り身でしてな」

菜摘は驚いて、何と返事してよいものやら分からなかった。

「身寄りもおりませんし、この年ですからな、そろそろホームに入ろうかとも思うておるんですが……なんかこう、踏ん切りがつきませんで」

「ホーム……ああ、老人ホームですか。ああいうのも、結構お金がかかるみたいですからね」

菜摘は適当に相槌を打った。

「いえ、お金はどうせ、ゆずるもんもおらんわけですからいくらかかっても構わんのですが……なんかこう、人生を諦めるようで、嫌なだけなんです」

いくらかかっても構わない――そう聞いて、菜摘は内心おかしかった。こんな安アパートに暮らしてるじいさんの台詞《せりふ》じゃないわね。

湯飲みと羊羹を出され、菜摘は目を疑った。お茶にはかすかに色がついているだけだったし、薄切りにした芋羊羹には皿が透けている。

「おいしいものはちょっとずついただくのが一番です。そう思われませんか？」

「え、ええ……そうですね」

ありがたそうに手を合わせ、老人は薄い薄い一切れを、小さく切り取って口に運ぶ。あれではとても味など分からないのではないかと菜摘は思った。

「うんうん、この味じゃ。ああ、生き返るようじゃわい」

老人が顔をほころばせながら呟《つぶや》くのを聞いて、菜摘は呆れるのを通り越して感心した。

彼女も老人の真似をしてちょっとずつ食べてみることにしたが、まったく食べた気などしない。さっと残りを口に放り込み、味も香りもないお茶と一緒に飲み干すと、彼女は思い出したように言った。

「ごめんなさい。ちょっとのつもりだったんで、お鍋をかけたままでした。そろそろ失礼しますね」

「あ？　ああ、そうですか。それはいけませんな」

引き止められなかったので菜摘はほっとしながら老人の部屋を後にした。

そろそろパートに出る時間だった。

【松川耕一㈢】

アパートまでは、十五分ほど歩かなければならない。バスに乗ってもいいのだが、早く帰りたいわけでもなし、重い足を運んで家路をたどった。桜並木はすっかり葉桜に変わっていて、歩き続けているとじっとりと汗ばむほどの陽気だ。ネクタイを締めたままだったことに気づいて彼は妙に腹立たしくなり、人差し指で乱暴に緩《ゆる》め、ついでに上着のボタンもはずした。

前からけらけらと笑いながら歩いて来た二人連れの若い女が、彼の顔を見て笑顔をこわばらせ、飛びのくように道を空けた。

——浮浪者でも見るような目で見やがって。

耕一は通り過ぎざまに、じろりと睨《にら》みつけてやった。怯《おび》えたように足早に去って行く二人を見て高揚したが、一瞬後には激しい自己嫌悪に陥っていた。

底無しの気分から立ち直るひまもなく、彼はアパートにたどり着いていた。赤錆の浮いた鉄の階段を音を立てないように昇り、『２０２』とだけ書いてある自分の部屋の前に立った。

六畳と四畳半のダイニングキッチン。風呂はついているものの、子供が生まれたら引っ越すつもりでいた安アパートだ。今は引っ越すどころか、ここの家賃さえ払い続けられるかどうか分からない。

大きく深呼吸し、ブザーを鳴らそうとした時だった。隣の２０１号で話し声とがさがさという音がして、ドアが開いた。思わず振り向くと、驚いたことに中から菜摘が何度も頭を下げながら出て来た。

「どうも、ごちそうさまでした。それじゃまた」

頭を下げ、ドアを閉めた途端、彼と目が合う。ぎくりとした様子で硬直し、片手で胸を押さえる。

「あー、びっくりした！　何でいるのよ」

「お……お前こそ、隣で何してたんだ」

耕一が詰問口調で言っても菜摘はまったく気にしない様子で、さっさとドアを開けると中へ入った。

「おい、鍵もかけてなかったのか。不用心じゃないか」

「盗まれるものなんかないわよ」

もちろん何の気なしに言った言葉だったろうが、今の彼には鋭く響いた。彼は素早く中へ入り、ドアを後ろ手に閉めると、サンダルを脱いで台所にあがりかけていた菜摘の腕を摑《つか》んで振り向かせ、右手で頰《ほお》を張った。

ばしんと小気味よい音がして、菜摘の体がふらつく。

「な――何するのよ！」

もう一発殴ろうと手を振り上げて、ようやく妻が身重だということを思い出した。

「……ごめん。どうかしてた」

傷ついた様子の彼女の脇をすり抜け、六畳間に入った。

ネクタイを引きちぎるようにはずし、上着を脱いで一緒にハンガーにかけると、心配そうな声が聞こえて来た。

「……何か、あったの？」

彼は答えず、どっかりとテレビの前に座り込み、リモコンを手に取った。チャンネルを次々と替えていくが、興味を惹くようなものは何もない。畳の上に叩きつけるように投げ出した。

「ねえ、何かあったの？」

菜摘が傍《かたわ》らに膝をついて肩に手をかける。

「……隣で何してたんだ」

彼は質問が聞こえなかったふりで聞き返した。

201号には七十を過ぎた老人が一人で住んでいるだけのはずだ。耕一も会えば挨拶くらいはするが、懇意にしているわけではない。

「何って……お茶を呼ばれてただけよ。実家から羊羹を送ってきたからおすそ分けに行ったら、どうぞって」

それが悪いの、と言うように、形のよい鼻をつんと上に向ける。

「お前は俺のいない間に、そうやって男の部屋に上がり込んでたのか」

「男？　男の部屋？　頭でもおかしくなったの？　お隣の三木さんは七十三よ？」

「じじいでも男は男だ。いつかだって、お前がタンクトップみたいなのを着てた時に、じろじろ舐《な》めるように見てたじゃないか」

菜摘はしばらく呆れた様子で彼を見つめていたが、やがて耳障りな声で笑い始めた。

「あんた……あんた妬いてるの？　あんなじいさんとお茶飲んだからって。――バカじゃないの？」

しばらく笑ったあげく、再び心配そうな表情になって耕一の肩を揺さぶった。

「……ねえ、どうしちゃったの？　あんた変よ」

そう言って、もう一度彼をじろじろと眺め回す。平日の昼間に戻って来たことの理由を探しているようだった。すぐにその理由に思い当たったらしい。

「まさか……まさかまた……」

そこで言葉を切る。長すぎる沈黙。

「嘘よ……嘘だって言って！　ねえ、違うんでしょ？」

「うるせえなあ。仕事か？　仕事はくびだよ、くび。しばらく骨休めだな」

彼は空元気でそう言い、ごろりと寝転んだ。

「骨休め？　骨休めって……予定日まであと半年もないのよ？　どうするつもり？」

「探すよ！　心配するな。今までだって大丈夫だったろう？」


【松川菜摘】


菜摘は呆然《ぼうぜん》としていた。

信じたくなかった。

数年前くびになった時は確かにすぐ仕事を見つけては来た。いわゆるぐうたらな男ではないのだ。しかし今の就職難の時期に、耕一のような男を雇ってくれるところがそうそうあるとは思えない。肉体労働でもなんでもやってやる、などと言えるほど骨のある男でないことは充分承知している。

「一体……どうするの？　もし仕事がなかったら……どうするの？」

かすれる声で訊ねたが、夫は背中を向けてテレビを睨んだまま答えなかった。子供は諦めるしかない――菜摘にはその背中がそう語っているように思えてならなかった。

さらに言いつのろうとした時、込み上げてくるものがあった。

彼女は慌てて立ち上がり、流し台にたどり着くと芋羊羹と昼飯の一部を吐いた。いつになく苦しく、ひどいつわりで、胃液まで吐いてぐったりとなり、最後には台所にお尻をつけて座り込んでしまった。

背中におずおずとした手の感触があり、菜摘は振り向いた。

「だ、大丈夫か？」

「――何があっても産むわ」

耕一は何も言わなかったが、その考えに不服なのは確かなようだった。

案の定、一ヶ月が過ぎ、二ヶ月が過ぎても耕一の仕事は見つからなかった。幸いつわりの治まった菜摘はぎりぎりまでパートを続けることにしたが、家事との両立はさすがにきついものがあった。耕一はもともと家事能力はゼロだったし、仕事が見つからなくてふてくされている今は、菜摘に対するいたわりの言葉さえもなかった。
そして三ヶ月後――妊娠三十週に入ろうかという時、菜摘は流産しかかって入院せざるを得なくなった。

【松川耕一】

切迫《せっぱく》流産の危険性があると言われた時、まず最初に心配したのは彼女の体でも胎児のことでもなく、家賃のことだった。雀の涙の失業保険もそろそろなくなってしまうし、彼女が働けなくなれば収入はゼロだ。

いっそのこと流産してくれれば——。

そんな彼の勝手な願いは届かず、母体も胎児も持ちこたえた。

二日の入院の後、退院を許されたが、くれぐれも安静にするようにと医者に釘を刺されてしまった。

耕一は仕方なく洗濯や掃除を引き受け、食事はインスタント食品や弁当などを買ってくることでしのいだ。

菜摘のお腹と反比例するかのように目減りしていた預金も今や底をついた。もはや子供を育てることより、自分達がどうやって生き延びるかを考える方が先決だと耕一は考えていた。

冷房もない蒸風呂のような六畳で、大きなお腹を抱えた菜摘を見ていると、耕一は気が狂いそうになった。こいつは暑くないのか？　お腹に生き物を抱え、その上に妊婦帯を締めているのだから暑くないわけがないのだが、菜摘は不思議なほど穏やかな顔をしてせり出した腹を両手でさすっていた。

「ねえ」

退院して二日目の午後、うだるように暑い最中、菜摘が言った。

「ん？」

上半身裸で扇風機に当たりながら、耕一は生返事を返す。

「隣のじいさんさ、身寄りがないんだって」

こいつは突然何を言い出すんだと耕一は訝《いぶか》しく思い、妻の顔をまじまじと振り返って見つめた。

「……それにさ、結構お金、貯《た》めこんでるみたいなんだよね」

しばらく、ぶうんという扇風機の音だけが異様に大きく響いた。

「……何が言いたい」

耕一はごくりと唾《つば》を飲み込み、聞き返した。一つの考えは浮かんだが、妻の穏やかな顔とは相容れない考えだった。

しかし彼女はいともさり気なくその考えを口にした。

「――あのじいさん殺してさ、お金取っちゃおうよ」


【松川菜摘】

菜摘は、恐怖と驚きを浮かべた耕一の目を覗きこみながら喋り続けた。

ろそろ老人ホームに入ることも考えてるんだって。面倒見てくれる人もいないわけだから

「あのじいさんさ、結婚したこともないんだって。だから子供いないのよ。それでね、そろそろ老人ホームに入ることも考えてるんだって。面倒見てくれる人もいないわけだからさ、お金は貯めてたんだろうね」

彼女は隣を訪ねた時のことを思いだし、くすりと笑った。

「芋羊羹を持ってったのよ、そしたらさ！　皿の模様が透けるくらい薄く切って出してくるの。ふぐの刺し身じゃあるまいし、ねえ？　お茶だって出がらしの、味も香りもないのを飲んでてさ、あのケチは筋金入りね。こんな安アパートに住んでるけどさ、逆に考えたら、相当な貯金があってもおかしくないってことじゃないかしら？」

黙って夫の反応を窺《うかが》う。こわばっていた表情が緩み、力ない笑いが漏れた。

「……は、は……趣味の悪い冗談はやめろよ。一瞬本気にしたぜ」

まだこの男は状況を分かっていないのだ。どこまで馬鹿な男なの。

菜摘はきっと睨みつけ、語調を強めて言った。

「冗談なんかじゃないわよ。他にあたし達を――あたしとこの子を――養う手だてがあるんなら、もちろんその方がいいのよ。あんたには何かいい考えがあるの？」

耕一は目をそむけた。

「ほら、何もないじゃない。――あの人はもう七十過ぎよ。いつぽっくり死んだって誰も驚かないわ。このアパートで誰かと親しくしてる様子だってないし、お金を貯めこんでる

ことだってきっと誰も知らないわ。こんなおあつらえ向きの状況がそうそうあると思う？」

「おあつらえ向きってお前……人殺しなんだぞ？　俺に人殺しをしろってのか？」

こんなに物分かりの悪い男だとは思わなかった。菜摘はかっとなって声を張り上げそうになったが、かろうじて薄い壁のことに思い当たり、低い声で言った。

「じゃあこの子はどうなるのよ！　七十年も生きたじいさんと、これから七十年生きるかもしれないこの子と、どっちが大切なのよ」

菜摘は耕一を見つめたまま、彼が何か言うのをじっと待ち続けた。

五分経ち、十分が経った。

菜摘は夫を信じて待ち続けた。最後には必ず同じ結論に達すると確信していた。

耕一がため息をつき、なげやりな口調で言った。

「分かったよ、やるよ。やればいいんだろ」

菜摘は微笑みながら頷《うなず》き、二人して計画を練り始めた。

計画といっても単純極まりないものだ。なにせ相手は一人暮らしの老人で、こちらを警戒しているわけでもない。中へ入れてもらうのは簡単だ。

問題になったのは、方法と、時間だ。

耕一は枕を押し付けて窒息させようと言い、菜摘は殴ればいいんだと言った。手っ取り早いし、年寄りが転んで頭を打つのは自然だと主張したのだ。結局耕一が折れた。

夜中にやろうという耕一に対して、絶対に昼間の方がいいと説得するのには時間がかかった。

「夜の方が音が響くでしょう？　中に入れてもらいにくいし、もし入るところを誰かに見られてたらおしまいじゃない。明るいうちなら見られてないことを確認しやすいし、もし見られたって分かったら計画を延期すればいいのよ」

耕一は白昼殺人を犯すことに抵抗があるようだったが、最後には菜摘の言う通りだと認めた。

「殴るのは……何で殴るんだ？」

耕一に聞かれ、菜摘はちょっと考えていいことを思いついた。

「あたしが用意しとくわ。決行は明日ね」

【松川耕一】

耕一はその夜眠れなかった。明日人を殺す相談をしたということが、今は信じられなかった。

菜摘は隣の布団で穏やかな寝息を立てて眠っている。自分で手を下すわけではないとしても、この落ち着きようは一体何なんだ？

彼は、多分菜摘は今日どうかしていたのだと思うことにした。妊娠という異常な状態が精神に何か影響を与えないはずがない。明日になればこんなとんでもない考えは忘れていることだろう。

そう思うことで、明け方になって涼しくなったせいもあり、眠りに落ちることが出来た。目が覚めた時にはすでに十二時を回っていた。菜摘はとっくに着替えて、敷きっぱなしの布団の上でじっと彼を見つめている。

「よかった。そろそろ起こそうかと思ってたのよ」

まだ夢を見ているかのように、彼女は言った。——それとも俺がまだ夢を見ているのか？

「あ……ああ」

体を起こすなり腹がぐうっと鳴った。

「まだ何か食べるもの、あったっけ」

「ないこともないけど、後にした方がいいんじゃない？　吐いたりしたら証拠が残っちゃうし」

「後？　何の後だよ」

「もう。決まってるじゃない」

くすりと笑ってちらりと壁に視線を向ける。２０１号のある側だ。

頭の後ろに残っていた眠気が一瞬で飛んだ。彼女は忘れていなかったのだ。

彼は震える声で訊ねた。

「ほ……ほんとにやるのか？　今日？」

「今よ。今やるのよ。早く服着てちょうだい」

耕一はロボットのように命令されるまま立ち上がり、のろのろとパジャマを脱いでジーンズとTシャツを身に着けた。

「はい、これを持って」

Tシャツから頭と手を出した途端、ぽんと冷たく重いものを渡される。

「何だ？」

見ると、何かをラップで包んで凍らせたものらしい。持ち続けていると手が痺れてくる。

「芋羊羹よ。昨日買って来て、冷凍庫に入れといたの」

「芋羊羹？　……まさか、これであいつを……？」

嘘だろ、と思いつつ、別の頭の隅では持ち重りのするその感触を確かめ、じじい一人殺すには充分だとも考えていた。

「声はあたしがかけるわ。ドアが開いたら、すぐに飛び込んで殴るのよ。一発で仕留めてね。流しの角で頭を打ったように見せたいんだからね」

一発で……流しの角……この芋羊羹で？

冗談だ。何もかも冗談に違いない。耕一はそう考えていた。

まだ目が覚めていないのか、視界にはもやがかかったようだった。菜摘の声もどこか遠くから響いてくる。

彼女に手を引かれるまま部屋を出た。

菜摘は廊下で立ち止まってぐるりとあたりを見回し、人影のないことを確認したようだ。素早く２０１号のドアに近寄り、ブザーを鳴らす。耕一はドアの裏側に身を寄せる。

「はい」

「あ、松川です」

明るく陽気な声で菜摘が呼びかける。

「ああ、はいはい」

陰気そうな声だったのが、途端に明るくなる。春に菜摘に持って来てもらった芋羊羹のことをまだ憶えているのだろうか。

ドアが開くまでに、長い長い時間が過ぎた。ゆっくりとドアが外側に開き、菜摘がにっこりと笑って頭を下げる。

開いたドアの隙間から、同じように頭を下げた老人の後頭部が目に入った。

耕一は自分でも驚くほど素早く行動していた。

ドアノブを摑んで引き開けると、彼に気づいて目を丸くしている老人を中へ突き飛ばして自分も後を追う。

上がりがまちでつまずいて尻餅をついている老人の脳天へ、握り締めていた芋羊羹を振り下ろした。ぐしゃりとめり込むような感触があり、再びその手を振り上げた。

「駄目！」

誰かの手が腕にしがみついて止める。

止めを刺さないと、邪魔するな、見ろ、まだぴくぴく動いてるじゃないか……！　彼は心の中で叫んだ。

額から血を噴き出し、目を飛び出させた老人の痙攣《けいれん》が収まるまで、耕一と菜摘はもみ合いを続けていた。

「静かに！　静かにして！」

菜摘が耳元で囁《ささや》き続けていることに気づいて、ようやく彼は我に返った。

死んでいる。確かに死んでいる。俺が殺した。俺がこの手で殺した。

脚が震え、立っていられなくなってへたりこんだ。

「しょうがないわね」

菜摘はよいしょと掛け声をかけて、自分の重い体を中へ運んだ。六畳間を探っているようだが、耕一は死体から目が離せなくて、何も見ていなかった。

菜摘がぽんと彼の肩を叩き、帰ろうと促すまで、どれくらいの時間が経ったのかも分からない。どんな収穫があったのかも興味がなかった。よろよろと立ち上がり、菜摘にしがみつくようにして２０２号に逃げ戻った。

「大丈夫。うまくいったわ。さ、それ返して」

そう言われて初めて、まだ芋羊羹を握り締めていることに気づいた。菜摘が指を引きはがしてむしり取ると、手のひらは青黒く変色していた。凍傷のようだが、痛みも冷たさも何も感じなかった。

「これを食べちゃえば、証拠は何も残らないわ。……あ、うそ」

ごんと音がして、台所の床に凍った芋羊羹が転がった。

「そんな……」

菜摘はぽかんとした様子で腹を抱え、立ちつくしている。耕一がわけも分からず見つめていると、助けを求めるように彼の方を振り返る。

「救急車……救急車を……ああっ！」

ずるずると崩れるように倒れこむ。

「お、おい……どうしたんだ……？」

一歩近づいたところで、床が濡れていることに気がついた。

菜摘は尋常ではないうめき声を上げながら、床にうずくまっている。太股《ふともも》をだらだらと水のようなものが流れ落ちている。

「破……水……したのか？　そんな……予定日はまだずっと先……」

「ううん！　ああ！　……はや……く……！　あああああ！」

胎児が押しつぶされるのではないかと思われるほどの勢いで、菜摘は床を転げ回った。陣痛が始まっているのに違いない。

電話だ。電話をかけなければ——そう思いながら、耕一の足はすくんだまま一ミリたりとも動いてはくれなかった。

菜摘はのけぞりながら痙攣し、口から泡を噴き出した。足の間からこぼれ落ちる液体の色が、真紅に変化して来ていた。

助からないんじゃないだろうか——耕一は麻痺した頭でそう思った。

その時だった。めりめりと木が裂けるような音がして、菜摘の股の間から鮮血がほとばしった。

「な……菜摘！」

膨れあがった腹が激しく律動し、マタニティがまくれあがる。血に染まったパンツの中心が、心臓のような鼓動を打ちながら隆起し始めた。

——胎児が、自力で……！

耕一は魅せられたように近寄り、傍《かたわ》らの血の海に跪《ひざまず》くと、ぴくぴくと跳ね回る太股を押さえ、菜摘のパンツを引き剝がした。

ごとり、と音がして半分以上突き出た血まみれの胎児の頭が床に当たる。慌ててその頭をかばうように持ち上げそっと引っ張り出してやろうと考えた。

またこめりめりと音がして、彼が手を貸すまでもなくずるりと頭が外へ出て来た。

真っ赤な顔の中に二つの裂け目が走り、かっと目が開いた。

耕一は悲鳴を上げた。

その顔は赤ん坊にしては異様に大きく、干しぶどうのようにしなびている。喉は筋ばかりでしみが浮いている。明らかに老人のものだった。

げぼげぼと血の塊を吐き出しながら、唇を動かして何かを言おうとしていた。

「……ああ……生き返るようじゃ……」

最後まで聞かずに耕一は床に手を伸ばし、凍った芋羊羹を拾い上げ、さっき殺したばかりの男の頭を打ちすえた。

二度、三度。今度は誰も止めるものはいない。

後ろで誰かの悲鳴が聞こえたが彼は気にせず殴り続けた。骨と肉が混ざりあいミンチのようになるまで。

再会

1

薄暗い竹藪から一歩外へ出ると、真夏の太陽がのしかかるように照りつけてきて、僕は年寄りのように足元をふらつかせた。目が慣れるまで額にかざしていた手を下ろしたとき、彼女と目が合った。

薄い水色のノースリーブのワンピースを着て、白い帽子をかぶった若い女性が斜面の途中に立って、僕の方を不思議そうに見つめている。二十代半ばだろうか。驚くほど白くかぼそい肩に目を奪われそうになった。こちらを見つめていた視線はやがて僕の手の中の萎《しお》れた花束に移ったようだった。

僕が「どうも」とか「暑いですね」といった無難な挨拶《あいさつ》をするべきか、それともこの手の中の花の説明をした方がいいのだろうかと逡巡《しゅんじゅん》している間に、彼女の方がその手間を省いてくれた。

「花を、取り替えていらしたんですね」

「……え、ええ、まあ」

彼女もまた、物見高い野次馬かマスコミの一人らしいと気づいて、少し気が重くなった。この半月というもの、こういった連中でこのあたりは一杯だったからだ。

僕は軽く頭を下げると足早にそこを立ち去ろうとした。たとえイエス、ノーで答えられるような質問でも、何一つ答えたくない気分だった。もううんざりだ。

しかし彼女はそれ以上僕に関心はないらしく、背後の竹藪をじっと見つめたまま口を開かなかった。僕は気を惹かれるものを感じながらも、急な斜面をずり落ちるように降りていった。

振り向いてみたい気持ちを抑えながら目の奥に焼き付いた白い肌のことを考えていると、校舎から昼休みの終わりを告げるチャイムが聞こえてきた。

2

十年前に卒業した母校で教鞭をとるようになって、はや三年目。期末試験を目前にしたじめじめと暑い日、僕は大事件に遭遇した。

正確には大事件そのものに遭遇したわけではなく、その残滓《ざんし》のようなものに過ぎなかったのだが、僕にとってはそれでもやはり大事件と呼ぶには充分すぎるものだった。

校舎の裏手の小高い山に、僕が在籍していた頃とまったく変わらない様子でその竹藪はあった。悪友と授業を抜け出しては竹藪を抜けて山へ登り、てっぺんの空き地で煙草を吸っていた。

赴任して以来忙しくてそんな暇などなかった竹藪に、その日の放課後、どう魔がさしたのか、足を向けてしまったのがそもそもの間違いだった。

一週間ほど前から降り続いていた雨のせいだったのだろう、地面はずくずくになっていて一歩歩くごとに靴は泥まみれになった。藪蚊は追い払っても追い払ってもまとわりつき、熊笹はむき出しの腕にいくつも細かな傷をつけた。思い出に浸ろうなどと考えたことを後悔しながら斜面を登っていたとき、足を何かに取られ、僕は前に手を突いていた。

毒づきながら足元に目をやると、ごろりとした石が露出していて、その下に靴がはまりこんでいた。力を入れて引き抜こうとすると、泥で重くなった靴は脱げそうになる。仕方なく手を石の下に差し入れ、持ち上げつつ足を引き抜こうとしたとき、それが石なんかではないことに気がついた。

泥だらけの丸い固まりには、ぽっかりと穴が二つ開いていて、中が空洞になっていることが分かる。

人間の頭蓋骨《ずがいこつ》のように見えた。

学校にはもちろん、人体模型があったはずだ。あの頭部を、いたずら好きの生徒がここへ持ってきたのではとまず考えたが、すぐにそんな考えは捨てた。ふつう誰もこんなところに来やしない。しかけるのならもっと別のところに置くはずだ。

落ちつけ、落ちつけ、と心の中で何度も繰り返した。本物のわけがない。本物の頭蓋骨がこんなところにあるわけがない。

僕はもう一度それに手をかけると、そっと転がすように泥の中から取り出した。下に置いたまま、色々な角度から眺めてみる。

最初、へばりついた泥と区別のつかなかった中に、毛髪らしきものがあるのが分かった。ほとんどがごっそりはがれ落ちていたが、後頭部の真ん中あたりにしぶとく残っている。

毛髪のついた人体模型なんて聞いたことはない。これは紛れもなく人骨だ。

僕は転げ落ちるようにして学校へ向かった。

実際に警察に知らせたのは校長だった。僕は到着した警官達を現場へ案内し、その後事情聴取を受けた。どうしてあんなところへ行ったのかと聞かれてもうまく説明できず、犯人扱いされているような居心地の悪さを味わった。

夜の九時になってようやく解放されたが、事件についてある程度知ったのは翌朝マスコミの取材を受けたときだった。

　地面を掘り返した結果、ほぼ完全な人骨が発見されたこと。白骨化の具合からして数年以上前のものではないかということ。まだ性別や年齢などは分からないこと。事故なのか自殺なのか、そしてまた他殺なのかも分からないということ。

　学校では、生徒達はもちろん、職員室もその話題で持ちきりだった。最初のうちは僕も面白がって、白骨の様子などを授業中に話したりもしていたのだが、マスコミや警察、それにわざわざ質問しにくる生徒や教師の前で何度も何度も同じ話をしているうちにいい加減うんざりもし、死者を冒瀆《ぼうとく》しているという思いが募ってきた。

　見に来たところで面白いものなど何もないはずの竹藪を覗《のぞ》きに来る野次馬連中がようやく姿を見せなくなった頃、僕は花を買い、人目を忍ぶように現場を訪れた。

　誰が置いたのか、すでに萎れかけた花束が一つ、打ち捨てられたように置かれていた。僕はそこに並べて自分の花束を置くと、軽く手を合わせて目を閉じ、ごにょごにょと慣れない念仏を唱えた。

　涼やかな一陣の風が身を包み、僕は深い森の中にいるような錯覚を覚える。そのまましばらく目を閉じていた。

　ふと誰かの視線を感じて僕はそっと目を開き、あたりを見回した。目に見えるところに人はいなかったが、何か恥ずかしいことをしているような気がして、そそくさとその場を立ち去った。

　それから週に一回、こっそりと花を供えに行くのが習慣になった。名も知らぬ死者に特に同情していたわけではない。信心深い方でもないし、骸骨の悪夢にうなされるようなことがあったわけでもない。

　望みもしないのに学級委員長に選ばれた生徒のような気持ち、というのが一番近いかもしれない。死体を発見したことで何かの代表に選ばれてしまったと思い、似合わぬ行動を続けていたのだろう。そう自己分析してみた後でも、僕は〝墓参り〟をやめはしなかった。

　そして彼女と出会ったのだった。

3

　六時頃学校を出ると、正門前の道の反対側に、見憶えのある女性が明らかに誰かを待っている様子で立っていた。水色のワンピースに白い帽子。〝墓〟で出会った彼女だ。その女性がこちらを見て、胸の前に小さく手を挙げ、ひらひらと振っている。

　僕は思わず振り向いて後ろに誰かいるのかと確かめた。その手の振り方が、恥じらいを感じさせ、人混みの中で見つけた恋人を呼んでいる、というふうにしか見えないものだったからだ。それが僕に向けられているものであるはずはなかった。

　でも、後ろはもちろん、横にも前にも、そもそも僕の周りには誰一人いなかった。

　僕が困惑して立ちすくんでいると、彼女は帽子のつばを手で押さえながら左右に目をやり、車が来ないのを確かめると小走りに道を渡って来た。

「遅かったのね」

　彼女はいたずらっぽく笑った。さっきは気づかなかったが、素敵な笑顔だった。おまけに、昔好きだった女性に似ていなくもない。

「……ずっと、待ってたの？」

　僕はもっと他のことを聞くべきだったのだと思うが、口から出てきたのはそんな質問だった。他人が見たらほんとに恋人同士だと思うかもしれないな、と頭の片隅で考えていた。

「一時間くらいかな。……ねえ、これからどこか行きましょうよ」

　彼女は僕の肘をつかむと、身を寄せながらねだるように言った。

「どこかって……どこへ？」

「そりゃあ、おいしいものがあって、お酒が飲めるところでしょ」

「ああ……」

　年上の女に翻弄《ほんろう》されるうぶな学生の役を当てられたみたいだった。

で、訊ねてきた。

僕がよほど間抜けな表情を浮かべていたのだろう、彼女はまじまじと僕の顔を覗き込ん
「ねえ、あたしが誰だか分からないっていうんじゃないでしょうね」

驚き半分、疑い半分の口調だった。

「……え、いや……申し訳ないけど……」

どこかで紹介されたのかもしれないが、もしそうだったとしても、それだけでこんなふうに馴れ馴れしくするような女はちょっと危ないんじゃなかろうか、それとも酔っぱらって意気投合して僕の方はそんなことをすっかり忘れてるなんてことがあるだろうか、いやいや僕は酒を飲んでもすっぽり記憶をなくしたことはない——。

一瞬にしてそこまで考えたところで、突然思い出した。

「榊《さかき》……原《ばら》……さん？」

僕が呆然《ぼうぜん》と口にした名前に、彼女の硬い表情がほころんだ。

「よかった。忘れてたらどうしてやろうかと思ったわ」

そう言いながら笑った顔は、十年前と少しも変わらぬものだった。

どうしてすぐ気がつかなかったのだろう。かつてあんなにも恋い焦がれた人を。

榊原章子《しょうこ》。胸が痛むほど人を恋したのは、彼女が最初で最後だった。高校三年間想い続け、ついにその想いを打ち明けることさえなく、友人と信じていた男のたった一言で打ち

砕かれた恋。

『榊原とやったぜ』

十年経った今でも、あの時のことを思い出すと動揺せずにはいられない。だからこれまでずっと彼女のことも思い出すまいとしてきたのだ。甘く酸っぱい青春の思い出——それだけなら酒の肴《さかな》に思い出し、笑って友人に話すこともできるだろう。しかし僕にとってはすべてがあの一言と結びつき、胃が痛くなり、吐き気さえ覚える思い出なのだ。

実際僕はあの一言の後、顔をこわばらせて学校のトイレに駆け込むと、胃液しか出てこなくなるまで吐いた。吐き続け、涙と汗と胃液と唾液の区別さえつかなくなるまで便器の脇でしゃがんでいた。

何の因果かこの高校へやってきた時も、彼女のことはさほど苦労せずとも思い出さずにいられた。建物のどこを見たって思い出がこびりついていたというのに。

その彼女が今目の前に立ち、あの頃と同じ笑みを浮かべて僕を誘っている。水に漬けるとみるみる大きくなるスポンジのおもちゃのように、僕の心にずっと潜んでいた高校生の自分がむくむくと大きくなり、ついには僕の体を乗っ取ってしまったみたいだった。僕は相変わらず彼女の前で口も利けず、そして彼女を抱いた男のことを思って胃を痛くさせている。

「……でも、どうして……？」

僕はかろうじてそれだけ言った。

「もちろん、テレビで見たからよ。すごく懐かしくなって」

「……学校が？」

「それもあるけどね。もちろん高見《たかみ》君に会いに来たのよ。ここで先生やってるなんて全然知らなかったし、驚いたわよ」

ようやく笑いを浮かべるだけの余裕ができた。

「おかしいだろ？　さんざん教師なんか馬鹿にしてた奴がさ」

「ほんとに。悪いことばっかりしてたし」

言葉の後半を呑み込んだように見えた。きっとそれは『宮田《みやた》君と一緒に』という言葉だったに違いないと思った。

気まずい沈黙が降りた。僕は『そういや宮田はどうしてるのかな』と何気ないふりで聞こうとしたが、どうしても口にできなかった。

「そ、そうだ。久しぶりだから、どこか飲みに行こうか」

「……だから、さっきからそう言ってるじゃない」

「そういやそんなこと言ってたな」

僕は照れ笑いを浮かべながら、彼女を連れていくのにはどこがいいだろうと考えを巡らせていた。

4

その夜は久々に大量の酒を飲んだ。少しでも気軽に本音を話せるようにと思ったせいもあるが、単純に楽しかったということの方が大きいかもしれない。

僕と章子は尽きせぬ思い出を語り、笑い合い、食べ、飲んだ。その思い出のほとんどに関わっていたはずのもう一人の男の話題だけを巧妙に避けて。

高校時代僕達は——僕と章子と、そして宮田和則《かずのり》は——いつも一緒にいた。息のあった漫才トリオのような三人組で、恋愛感情などとは無縁のように周囲は見ていたはずだ。実際、宮田は他の学校の女生徒と何人もつきあったりしていたくらいだから、章子のことは単なる友達と思っていたはずだ。章子の方は『恋人は卒業してから作る。今はあなた達と遊んでる方が楽しいから』なんてよく分からないことを言っていた。

そして僕は。

章子の瞳。章子の髪。章子の笑顔。章子の手。章子の服。章子の肩。章子の声。章子の唇。——何もかもが好きだった。

僕は毎日彼女に会うために学校に来ていたようなものだった。苦しい日々だった。家に帰れば彼女のことを想って苦しみ、学校に来ては彼女の前で友達の仮面を被り続けなければならない。

彼女が僕に対して恋愛感情を持っていないこと、そしてそれはたとえ僕が何をしたところで変わるはずはないという奇妙な確信があったから、絶対に自分の気持ちを気取《けど》られてはならないと思っていた。

目の前の人参に釣られて間違ったレースを走り始めたマラソンランナーのようなものだった。たとえゴールインしたところで失格と決まっているのに、走り続けてきた自分自身を否定するのが怖くてやめることもできないでいる。

しかし、せめて美しい思い出になればそれでいいと思っていた。宮田のあの言葉を聞くまでは。

宮田が彼女の服を脱がせ、組敷き、そして——!

吐き気がこみ上げてきた。

「大丈夫? ねえ、飲み過ぎたんじゃないの?」

トイレに立とうとする僕の耳に、彼女の声が聞こえてきた。一体どうして? あの場に彼女はいなかったはずだ。それとも宮田があの一言を言った時、彼女はそばで聞いていたのだろうか?

僕はトイレに駆け込んでドアを閉め、一気に嘔吐しながら、もう高校を卒業して十年経っていること、そしてそのトイレが学校のものでなく自分の部屋のバスルームであることに気づいた。

5

顔を洗い、うがいをしてバスルームを出ると、僕は生まれて初めてと言ってもいいほどすっきりした気持ちになった。体の中にあった膿がすべて絞り出され、自分が一本の管に過ぎないということを素直に感じることができた。

部屋の明かりは消されていたが、彼女の気配ははっきりと感じられた。僕はベッドまで数歩で近寄ると、その脇で服を脱いだ。シャツを脱ぎ、ズボンを脱ぎ、迷わずトランクスも脱いだ。ベッドに滑り込むと、熱い素肌が触れ合い、その瞬間、彼女の肉体をむさぼること以外何も考えられなくなった。

まとわりつく上掛けを足で蹴飛《けと》ばしてベッドの下へ落とすと、闇に慣れ始めた目に、彼女の白い裸体がぼうっと映り始めた。顔をゆっくりと近づけ目を凝《こ》らすと、豊満な乳房がそこにあった。その谷間に鼻を埋めていき、彼女の香りを胸一杯に吸い込み、感触を顔中で確かめた。

あえぎ声と激しい息づかい以外、お互い言葉は発しなかった。

愛撫の手を下へ降ろしたとき、その必要のないことが分かったので、僕はすぐに中へ入った。慈《いつく》しみよりは憎しみに、喜びよりは怒りに近い愛に突き動かされ、二度三度と激しく彼女を貫いた。

彼女は僕の気持ちに呼応するかのように、限りなく恐怖と苦痛に近い歓喜の声を上げた。獣のように優雅で、少女のように淫《みだ》らな声だった。

僕はすぐに射精したが、構わず腰を動かし続けた。彼女のまとわりつく肉ひだが、一瞬で元の固さにまでしてくれる。

二度目に達すると、僕は彼女を突き放すようにして抜き去り、膝立ちになった。

今でははっきりと見えている彼女の顔が、かつえたような表情を浮かべて僕の下腹部に近づいてくる。僕が微かにうなずくと、少し柔らかくなっただけでいまだそそり立っているそれを彼女は根元まで飲み込んだ。

しばらく彼女がそれを嬉しそうに出し入れしたり舐《な》め回したりするのを眺めていたが、口の中で再び達しそうになるのを我慢し、彼女を四つん這いにさせ、後ろから突き入れた。

一体何時間そうした交わりを続けていたのか分からない。野獣のような、というような陳腐で、しかも的を射ていない形容はしたくない。率直に言って、色情狂のような、あるいは、アダルトビデオのような、というのがふさわしい。

それは破壊的だった。完膚無きまでに僕の中の愛の残滓を打ち砕き、雲散霧消させ、そしてまったく新しい愛を一晩かけて育んだ。単に肉体に溺れたのだという見方もできることは承知している。あるいはそうだったのかもしれない。しかし、もしそうだったとしてもその肉体は尋常なものではなかった。僕の知っているどんなセックスとも、似て非なるものだった。

夜が明け、昼になっても僕達は互いをむさぼりあった。ブラインドの隙間から差し込む明るい光の中で、すべてをさらけだした彼女は神々しいまでに下品だった。

汗と精液と愛液のにおいが部屋中に満ち、お互いもうぴくりとも動く力をなくしてようやく、重なり合ったまま眠りに落ちた。


目が覚めたとき、再び部屋は闇につつまれていた。ビデオデッキの方へ目を向けると、時間表示が読み取れた。日曜日、午前三時二十七分。土曜日を無断欠勤してしまったようだ。いや、一日以上眠っていたなどということはないだろうか？　彼女と出会ったのは、金曜日だったろうか？　木曜日、いや、水曜日ではなかったか？

そんなことを思い、傍《かたわ》らの彼女に目を落とすと、ずっと起きて待っていたかのように彼女はぱちりと目を開いた。

「おはよう……って時間じゃなさそうね」

「……うん」

僕はしばらく黙って彼女の顔を見つめていたが、ついに言った。

「——全部、話してくれないか」

彼女は真剣な表情に戻り、語り始めた。

さほど長い話ではなく、予想していたのとかけ離れた話でもなかった。しかし、それでもやはりそれは驚くべき話であり、僕は改めてショックを受けた。きついブランデーを口の中で転がすようにそのショックを心の中で何度も転がして和らげ、最後にはそれを楽しみさえするようになってから、僕は言った。

「……それで僕に、会いに来たんだね」

彼女は黙ってうなずいた。

「じゃあ、言ってくれないか。愛してるって。これからもずっと愛してる、って」

彼女はその通り繰り返した。本気で言っているということが僕には分かっていた。

6

宮田和則が学校に電話をかけてきたのは、翌々日の火曜日のことだった。

「高見先生、宮田さんって方からお電話です」

職員室で章子の作ってくれた弁当を食べている時に声をかけられても、僕は全く驚かなかった。この週のうちには何らかのアプローチがあるだろうと思っていたからだ。もしなければこちらからかけなければならなかったが、それでは面白くない。アプローチは彼の方からさせたかった。

僕は口の中のご飯を全部飲み込んでから、受話器を取った。

「もしもし、高見ですが」

「高見か？　俺だ……宮田だよ」

取ってつけたように名前を名乗ったが、そんなものがなくたってこの声を忘れはしない。たとえ十年の時が記憶を風化させ、声に年齢が加わったとしても、どんなにノイズの混じる電話越しだったとしても、僕は絶対に間違えはしない。

——榊原とやったぜ。

以前の僕なら、この声を聞いた途端吐き気を覚え、一言も声の出せないまま受話器を叩きつけるしかなかっただろう。でも今の僕はそんなことはない。苦い思い出を喜びに変えるすべを、今は知っているのだから。

「よう！　宮田か？　宮田和則か？　久しぶりだな！　一体どうしてたんだよ！」

演技ではなく、心から喜んでいる声が出せた。

「……い、いや。実はテレビを見てさ、お前の顔見て腰抜かしたんだよ。我が母校にいらっしゃるとは全然ご存じなかったもんでさ」

「ああ、あれね。何人か電話かけてきたよ、あの時はさ。会いに来た奴までいたよ。懐かしかったな……そうそう、お前今、どこに住んでんだ？　せっかくだから、遊びに来ないか？」

駄目だ、急ぎ過ぎちゃ怪しまれる——僕はしゃべりながらそう思ったが、杞憂《きゆう》に終わったようだった。

「いいのか？　そうか……うーん……でも週末はちょっと忙しいし……どうせなら今日なんかどうだ？」

本当に週末は忙しいのだろうか、と思いながら返事をした。

「ああ、俺の方はいつでもいいよ。ゆっくり飲むんなら土曜日の方がいいんだけど」

そうだ、土曜日の方がいい。

「……うーん、まあとりあえず今日会おうや。そのうちまた暇もあるだろうから、飲むのはその時ゆっくりってことでさ」

僕は承知し、彼が学校に迎えに来る、ということになった。その後は僕が道案内をして、マンションでゆっくり話をするつもりだった。

7

マンションへ向かう車の中、僕は助手席で喋りまくった。一言言うだけで通じ、それだけで爆笑を誘うような、高校時代の思い出を。宮田は腹を抱えて笑い転げ、運転の邪魔になるからついてからにしてくれと懇願する始末。

　それでも僕は次から次へと喋り続けた。出会いから、喧嘩、謹慎処分、修学旅行でのどんちゃん騒ぎ、卒業――そのほとんどの思い出に関わっていた一人の女性のことを巧妙に避けながら。

　マンション前の道路に車を止めたとき、僕と宮田は笑いすぎて腹の皮が痛くなり、目には涙まで浮かべていた。玄関ホールを入るとき、宮田は酒も飲んでないくせに僕の肩に腕を回した。

　僕の部屋は一階にある。

「そこだよ。遠慮しないで入って」

「鍵は……？」

　怪訝《けげん》そうに振り向く宮田。

「え？　いや、掛けてないと思うよ」

　僕はそう言い、ドアを開けて見せた。

「ほらね。……ただいま」

　中へ声を掛けながら玄関に入る。

「……おい、一人じゃなかったのかよ。だったら外の方が……」

話が違う、とでも言いたげな表情だった。半ばパニックに陥っているようだ。

「なに言ってんだよ。遠慮なんかしなくていいよ。お前もきっと懐かしいだろうしさ」

彼はへっぴり腰になりながらしかたなく靴を脱いであがる。

「懐かしいって……じゃあお前、うちの学校の奴と結婚したのかよ。一体誰だよ」

不安は消え、好奇心がその顔に浮かぶ。

「まあ、見てのお楽しみってことで……あれ？」

明かりがついたままの室内には、誰もいない。

「何だよ、かついだのか。——そうだよな、結婚したなんて聞いてないし、大体二人にしちゃ狭すぎるよな」

「……結婚したわけじゃないよ。たまたま今懐かしい奴が泊まってるだけさ。多分、買い物にでも行ったんだろう」

「たまたま泊まってる……？　何だ、じゃあ男か。それなら分かる。誰だろうな。木村《きむら》か西《にし》、そうでなけりゃ……カバだろう。川村《かわむら》とか川北《かわきた》とかなんかそんな名字だった奴」

「はずれ。全部はずれ。男じゃない。女だよ」

宮田のこめかみがぴくぴくと震えた。

「女？　誰だろうな。女か……女ね……駄目だ、全然名前が浮かんでこないや。うちの女子ってブスばっかりだったからな」

「あーあ、ひどいこと言って。彼女が聞いたらなんて言うかな」

「……おい、誰なんだよ。教えろよ！」

宮田は本気で怒りだしそうな気配だった。

「まあまあ。そのうち帰ってくるからさ。——ビール、飲むだろ？　そこに座ってろよ」

無理矢理宮田を玄関に背を向けて座らせると、僕は冷蔵庫から缶ビールと冷えたグラスを二つずつ取り出して置いてやった。それぞれビールを開け、グラスに注ぐ。僕はドアが見えるよう、彼の反対側に座る。

機先を制して僕が言った。

「再会を祝して」

「……再会を祝して」

若干沈んだ声で彼も唱和する。グラスがチンと鳴った。

ごくごくと飲み干してから、僕はまじまじと彼の顔を見つめた。彼は自然に目をそらし、僕の部屋を興味深そうに眺め回す。

「……学生みたいな部屋だな」

僕はその言葉をさえぎるようにして、章子と二人で決めておいた最初の言葉を口にした。

「そうそう、あいつのことを話すの、忘れてた。ほら……あいつ。榊原。覚えてるだろ？」

宮田の顔が紙のように白くなるのを見て、僕は内心小躍りしたいほどだった。

「……さ、榊原？　あ、ああ。そういや、いたな。女子のことは、忘れてたよ」

「忘れてた？　他の奴のことは忘れても、あいつのこと忘れるなんてこと、ないだろ？　俺達ずっと仲良しだったんだし、三人一組って言われるくらいだったじゃないか」

「うん……まあ、そういやそうだけどな。ま、あの頃は若かったから……」

言い訳にしても何だか意味不明だ。僕は構わず続けた。

「お前知らなかったかもしれないけどさ、俺、ずっとあいつのこと好きだったんだよね。だからあの時はショックだったな……『榊原とやったぜ』って言われた時は」

「……俺、そんなこと言ったか」

彼は心底驚いた様子で聞き返す。どうやら本当に忘れていたらしい。

「言った言った。言いました。口調だって完璧に思い出せるし、日付だって言える。高三の二月十五日。お前の話じゃ、バレンタインにかこつけてあいつをホテルに誘ったら喜んでついて来たって。忘れやしないよ。二月十五日だ」

「……なら、言ったんだろうな」

「そうだよ。それで、あんまりショックだったもんでさ、それ以来お前やあいつと何だかうまく行かなくなって、そのまま卒業しちゃってさ。二人の様子も、間接的にしか分からなかったんだよな」

「………」

「お前達がその後しばらくつきあってるって噂は聞いてたよ。そう、二年くらいはな。それくらいで、別れたんだろう？」

「……ああ」

彼の額に脂汗《あぶらあせ》のようなものがにじみ始めている。歯を食いしばり、目はテーブルの上のグラスに据えられている。

「昔からお前は恋多き男だったからな、二年も持ったのはいい方だよな、そうだろ？」

「そうだ」

僕は突然思い出したように言った。

「そうそう！　そういやその頃、あいつが行方不明になった事件ってのは、もちろん知ってるよな？」

彼は答えなかった。

「あいつ行方不明になって、警察もしばらく動いてたけど、結局家出だろうってことでずっと消息不明」

突然彼はがばと立ち上がった。

「お前一体何が言いたいんだ！　榊原の話ばかりしやがって。どうだっていいじゃないかあんな奴。もう憶えてないよ、そんな昔の女のことなんか」

「何怒ってるんだよ。……座れよ。分かってるよ。お前にとってはただの昔の女だってことは。でもさ、俺にとっては違うんだ。――ほら、帰ってきた」

僕が玄関に向かって手を振ると、宮田は一人だけ時間を止めたように凍り付いた。

8

「ごめんなさい、遅くなっちゃって」

章子が言った。

「いいんだ、勝手にやってたから。章子も、飲むだろ？」

「もちろん」

僕は立ち上がり、冷蔵庫からもう一つ冷えたグラスと缶ビールを取り出してテーブルに置いてやった。

まだ宮田は後ろを向いていなかった。

「……悪い冗談はやめろ」

「え？　何て言ったんだ？」

僕はわざと聞き返した。

「悪い冗談はやめろと言ってるんだ！」

僕は章子と顔を見合わせ、肩をすくめた。

「どういう意味かな」

「章子章子って言うのをやめろって言ってるんだ。ここには俺とお前以外いないし、誰かが戻ってくるってのもどうせ嘘なんだろう。人が帰ってきたように見せたいのかもしれないが、ドアが開く音は聞いてないし、気配だってしない」

「気配がしない……？　彼女の声が聞こえなかったのか？」

「そんなもの聞こえないね」

「耳が相当悪いんだな。振り向いてみろよ。そこに彼女が立ってるから。昔と変わらない格好で。十年前……いや、八年前とまったくおんなじ格好で立ってるから。なぜ振り向かない？　いないと思うんなら振り向いてみろよ」

　彼の震えは、全身に及んでいた。極寒の中でもこうまで震えはしまいと思うほどで、彼が両手でつかんでいるテーブルの上のグラスは割れそうな勢いでガタガタと鳴った。僕はテーブルを押さえるふりをしてその下に置いたものに手を伸ばした。

「彼女が本当に見えるんじゃないかと思って振り返らないんだろう？　八年前の彼女がさ。お前が首を絞めて殺し、その後であの竹藪に捨てたときのままの彼女が見えるんじゃないかって」

　宮田がはっとして玄関を振り向いた瞬間を、僕は逃さなかった。テーブルの下に置いてあった五キロのダンベルを素早く取り出し、思いきり宮田の後頭部に振り下ろした。感触も何もなく、雪の上に落ちたボールみたいにダンベルの片端は彼の頭に半分以上めり込んでいた。

僕が手を放すと、ダンベルの重りを載せているせいか、宮田はバネで戻るみたいに勢いよく倒れた。血がどんどんあふれ出し、カーペットにしみこんでいく。

「汚しちゃったわね」

章子が宮田を見おろしながら残念そうに言った。

「しょうがないよ、これくらいのことは。——それより先に片づけなきゃいけない仕事が残ってる」

「……そうね。——ごめんなさい、手伝ってあげられなくて。もしあたしが——」

「いいよ。もし君が生きてたって、こんなことさせるもんか。どっちみち全部一人でやったさ」

僕はそう言って彼女に笑いかけ、台所からポリ袋を一枚持ち出してくると、宮田の頭にすっぽりとかぶせ、首のところできつく縛る。ポケットを探って車のキーを見つけだすと、いったんマンションの外へ出た。人影がないのを確認してから素早く彼の車に近づき、ロックをはずして部屋にとって返す。

死体を苦労して背中におんぶすると、再び外へ出た。何も考えず、一気に車まで突っ走る。死体を後部座席に横たえると、章子を助手席に乗せ、僕は車を発進させた。

「――どこに捨てるの？」

章子に聞かれ、僕はにやりと笑った。

「君と会った、あの竹藪にしようと思ってる。君が埋められていたあそこなら、さんざん掘り返されて土も軟らかくなってるだろうし」

彼女はくすりと笑った。

「誰かまた、あなたみたいな人が見つけるかもよ」

「……大丈夫だよ。どうせただの馬の骨さ。迷い出てきたところで何もできやしない」

そう、そして僕と章子はこれから先ずっと――。

「章子？　どこに行ったんだ？」

彼女の気配が消えていた。車内は死臭に満ちているような気がして、僕は息が詰まりそうになる。

まあいい。早くこいつを始末して部屋に戻ろう。きっと章子が待っているはずだ。

ずっと愛していると約束してくれたのだから。

青い花嫁

1

その電話がかかってきたのは、奈津子《なつこ》との挙式を一週間後に控えた五月の末の日曜日の朝のことだった。

一足先に一人で入居したぼく達の新居は、そう呼ぶにふさわしい、新築マンションの2LDK。家具も電気製品ももちろん最新のカタログから選んだぴかぴかの新製品ばかりだ。必要があるのかないのか分からないまま買ったファックスつきコードレス留守番電話もその中の一つだった。

「はい、野島《のじま》ですが」どうせ奈津子だろうと思いながら出た電話だった。今日もまた、何か買い物があったはずだ。これ以上何が必要なのかぼくには分からないが。

「……ノジマ……コウスケサン？」

電話の向こうから聞こえてきたのは、奈津子の声ではなく、男とも女ともつかない、喉のつぶれたアヒルのような声だった。一瞬ぎょっとしたが、すぐに昔はやったおもちゃのことを思い出した。ダックボイスとかいって、吸い込むと声が変わるというガスを、パーティグッズと称して売っていたはずだ。あるいは、ボイスチェンジャーとかそういった機械を使っているのかもしれないが、いずれにしても誰かのいたずらであることには間違いない。

ぼくは笑いをこらえながら、答えた。「え、ええ。そう……だけど？　そちらは……ドナルドダックさん？」

「イチドシカイワナイカラ、ヨクキイテオケ。ミズシマナツコヲアズカッタ。ブジニカエシテホシカッタラ、イッセンマンヨウイシロ」

どうやら誘拐犯のつもりらしい。奈津子がふざけているのだろう。彼女のやりそうなことだった。

「奈津子だろ？　分かってるんだよ。今からこっち来てくれるんだろ？」

「……ナツコノイエニデンワシテミロ。カノジョハイナイハズダ」

奈津子が……いない？

「ワカッテイルトオモウガ、ケイサツニハレンラクスルナ。ツギノデンワヲマテ」

ちょっと待ってくれ、と言おうとした途端、電話は切れてしまった。ぼくはしばらくコードレス受話器を持ったまま立ち尽くしていたが、すぐに奈津子の家に電話してみることにした。もうじき引き払う家であるにもかかわらず、電話をつないだ時に無理矢理短縮ダイヤルに登録させられたから、彼女の家にはワンタッチでかけることができる。

発信音が五回鳴り、聞き慣れた留守番電話に切り替わった。

『水嶋《みずしま》です。水嶋はただいま外出しております。せっかくお電話いただいたのに申し訳ありません。後ほどこちらからかけさせていただきますので、メッセージと電話番号をおっしゃってください。よろしくお願いします』

「……奈津子？　いるんだろ？」

電話のそばで笑いをこらえながらうずくまっている奈津子の姿を想像していた。五秒ほど待ったが、受話器を取る音は聞こえてこない。

「さっきの電話は君だろ？　分かってるんだよ。……奈津子？　奈津子！」

ぼくが半ば叫ぶように彼女の名前を呼んだとき、電話は切れた。先ほどの電話の後よりも少しだけ長い間、ぼくは呆然《ぼうぜん》としていた。一瞬だけだが、奈津子が本当に誘拐されたのかもしれないと思ったのだ。

でもすぐに、考え直した。奈津子は今まさにこちらへ向かっているところなのだ。その途中であんな電話をしたのに違いない。ぼくが在宅していることも確認できるし、心配しているところにひょいと顔を出して二人で笑い転げようとでも思ったのだろう。

あまり面白いいたずらだとも思えないが、彼女のたくらみに乗ってやるのもいいだろう。目の下にくまなんか作って憔悴《しようすい》しきった顔で迎えに出てやるのもいいかもしれない。ぼくは洗面所の鏡の前に立ち、恋人を誘拐された男の表情というのはどういうものだろうかと色々試してみた。

泣きじゃくって目を腫らす？　それとも惚けたように茫然自失、という感じにしようか？　髪の毛はぼさぼさの方がいいか？　服は？

髭をすでにきれいに剃ってしまっていたのは残念だ、と考えていたとき、再び電話が鳴ったのでぼくはリビングに戻って受話器を取った。

「はい、野島ですが」

「……カノジョノイエニハデンワシテミタカ」

またあのアヒル声だった。奈津子なのか？　本当に奈津子なのだろうか？　彼女がここまでしつこいいたずらをするだろうか？

体中にじっとりと汗が滲《にじ》むのを感じた。暑くて、同時に寒いような変な感じだった。

「……ああ」

「カノジョト、イキテモウイチドアイタカッタラ、カネヲヨウイシロ。マタレンラクスル」

「ちょっと待ってくれ！　奈津子はそこにいるのか？　いるんなら話をさせてくれ！」

ぼくはまだ本当の誘拐だと信じたわけではなかったが、奈津子の声を聞いて無事を確認したかった。

「イマココニハイナイ。アトデコエヲキカセテヤル」

電話は切れた。ぼくは、混乱し、パニックに陥りそうになる頭を必死で静め、冷静に状況を判断しようとしていた。

まず、奈津子のいたずらである可能性はとりあえず忘れよう。これは本物だと考えるのだ。だとしたら、何をすればいい？

警察か？　駄目だ。警察は駄目だ。奈津子の身に危険が及ぶようなことはしたくない。では身代金の用意が先か？　確か、一千万とか言っていたはずだ。身代金としては安いような気もするが、こちらの経済状態を調べた上でのことなのかもしれない。一千万なら、結婚資金にと奈津子が貯《た》めていた貯金にぼくのを足せばぎりぎり足りるかもしれない。幸い奈津子の通帳も印鑑も、すでにこの部屋に置いてある。

しかし、そこからはこの部屋の家具や電気製品を買うのに使ったカードの引き落としがあるはずだから、全部を使ってしまったら、引き落とし不能になってしまう。事情が事情なのだから、多少の借金はできるだろうが、披露宴やハネムーンなんかは全部中止せざるを得ないだろう。

しかし何故《なぜ》、奈津子が誘拐されなければならないのだ？　そして何故、ぼくに身代金の要求が？

家族でもない者に、身代金など要求しようと思うだろうか？　あと一週間で結婚するというのに、それまで待たなかったのは何故だ？　それに、ぼくの親にしても裕福と言うにはほど遠いし、奈津子にいたっては両親ともすでに他界しているのだ。そんな人間を誘拐しようなどと、一体誰が思うだろう？

……身代金が一番の目的ではないのかもしれない。彼女に、あるいはぼくに恨みを持つ者なら（そんな心当たりはないが）、ぼく達を苦しめるのが第一の目的で彼女をさらった、ということも考えられる。でもそんな奴が、いるだろうか？

考えれば考えるほど、わけが分からなくなるばかりだった。

壁に掛けた黒一色の時計を見るともうすぐ十時。普通なら、奈津子が来ている時間だ。ぼくをやきもきさせてやろうと、わざとぐずぐずしているのかもしれない。そう思ってベランダに出て下の道路を見おろしてみたが、彼女らしき人影は見えない。

このマンションはオートロックだが、もちろん彼女は鍵を持っているから、チャイムを鳴らさずにここまで来ることだってできる。ぼくは玄関に行き、まずドアスコープを覗《のぞ》き、それからドアを開いて廊下に誰もいないのを確かめた。下まで降りようかとも考えたが、その間に電話が鳴ったらと思うとそうもできなかった。

落ち着け。落ち着くんだ。奈津子が誘拐されるなんて、そんなことのあるはずがないじゃないか。とりあえずコーヒーでも飲んで、彼女が現れるのを待つんだ。そして二人で枕カバーでも野菜の皮剝き器でも、彼女の好きなものを買いに行けばいい。

ぼくはさっきいれたコーヒーの残りをカップについで、ブラックのまま半分ほど飲んだ。コーヒーメーカーがずっと保温の状態になっていたので、香りも飛んでいて何だか煮詰まったような味だったが、多少気持ちを落ち着かせる役には立った。

コーヒーを飲み干して時計を見ても、まだ五分と経っていなかった。うろうろと部屋を歩き回り、電話と時計を交互に睨《にら》み付けた。

いたずらにしては念が入りすぎてる。十時半を回ったとき、ぼくはそう結論した。本物の誘拐と考えた方が良さそうだった。

2

本物の誘拐だと結論づけたところで、状況はさっきと何ら変わってはいなかった。警察に連絡するのは論外。身代金の用意といったって、今日は日曜日で動きは取れない。ぼくにできるのは、結局犯人からの電話を待つことだけなのか？

――もう、奈津子は殺されてしまっているんじゃないだろうか？

もっとも考えたくない想像が、脳裡《のうり》を掠《かす》めた。

幼児誘拐と違って、大人の誘拐は日本では珍しい。大人は様々な証言ができるが故に、たとえ誘拐したとしても、あっさり解放するわけにはいかない。人質を返すつもりでいるのなら、普通は大人を対象とはしないだろう。そういった点から考えても、これが普通の身代金目的の誘拐だとは思えなかった。

そして身代金を取る必要がないのなら、人質など邪魔なだけで、さっさと殺してしまう方が犯人にとっては楽に違いない。

やはり奈津子はもう……？

震える手で顔を覆ったとき、電話が鳴り響いた。

ぼくは顔を上げ、二度、三度と柔らかなベルが鳴り続けるのを魅入られたように見つめていた。

四度目に鳴ったとき、ぼくは飛びつくようにして受話器を取った。

「もしもし！　もしもし！」

「……なによ、そんな大きな声出さなくたって、聞こえるわよ」

一瞬置いて、呆れたような姉の一絵《かずえ》の声が聞こえてきて、ぼくはその場に座り込みそうになった。

「……なんだ、姉さんか」

「何、その挨拶《あいさつ》。恋人が出来たら、姉さんなんていらないってわけね。子供の頃はさんざんあたしの後ろについて回って、姉ちゃん、姉ちゃんってうるさかったくせに……」

六つ離れた姉は、ぼくの憶えていないような昔の話を持ち出してはからかうのが好きだった。

「姉さん。今そんなくだらない話をしてる場合じゃないんだ。用がないなら切るよ」

ぼくの冷たい返事にも、彼女は動じなかった。

「ちょっと待ちなさいよ。奈津子さん、来てるんでしょ？　一緒に買い物につきあってくれって言われてたんだけど」

兄弟姉妹というものがいないせいか、奈津子は会うなり姉を気に入り、何かというと彼女の意見を聞こうとしていた。

「そんな話は聞いてないよ」

「あんたはいいのよ。女の買い物なんだから。――奈津子さんに代わって」

ぼくは言葉に詰まった。姉に話してしまっていいものだろうか？　しかし、ここで姉にすら秘密にしなければならないとしたら、打ち明けられる相手は誰もいないということになる。たった一人でこれを乗りきれる自信ははっきりいって全然無かった。

「どうしたの？　まだ来てないの？」

「……こっちに、来てくれないか。電話じゃ話せないんだ」

少しの沈黙。

何か言い返してくるだろうという予想に反して、意外とあっさり「いいわ」という返事が戻ってきた。それほどぼくの言葉がせっぱ詰まって聞こえたのだろうか。

姉夫婦の家からここまでは車で十五分ばかり。彼女が駆けつけてくるまでの間、ぼくは腹を空かせた熊のように2LDKをうろうろとただ歩き回っていた。

彼女がきっかり十五分で到着すると、ぼくは順を追ってすべてを話した。姉は最初目を丸くして口を押さえたが、慌《あわ》てず騒がず最後までぼくの話を聞いていた。

「それで?」彼女は言った。

「それで……終わりだよ。それから電話はない」

「そうじゃなくて、どうするのって聞いてるのよ。警察に連絡しなくていいの?」

「駄目だ! そんな危険は冒せないよ。彼女は殺されちまう」

奈津子が殺される、奈津子が——。

「お金を……払うの?」

「ああ。それしかないだろう。一千万なら、何とかなる金額だと思う」

奈津子の命と引き替えなら、安いものだ——。

「でもお金を払ったからって、無事に戻って来るっていう保証は……」

「ないよ! そんなことは分かってる。でも他にどうしろっていうんだよ!」つい、怒鳴り声を上げていた。まるで八つ当たりだ。

姉は怒るどころか、妙に優しい目つきをしてぼくを見ている。

「大丈夫よ。奈津子さんはきっと戻ってくるわ。信じて待ちましょう」

もちろんただの気休めだ。しかし、たった一人でこの事態に対処することを思えば、気休めを言ってくれる人がいるというそのことがひどくありがたかった。

「……もちろんだ。もちろん戻ってくるさ」ぼくは喉の奥から絞り出すようにしてそう言った。

3

姉が昼食にとスパゲッティを作ってくれたので、無理にでもと詰め込んだ。この先、何をさせられるか分からないから、食べられるうちに食べておく必要があると思ったのだ。いざという時に動けないでは話にならない。

両親には内緒にしておくことに決めた。二人ともこういう事態に冷静に対処できるタイプではないし、かえって混乱させるのがおちだと、意見が一致したのだ。

電話はかかってこなかった。ぼくは電話線が切れたか、電話機が壊れてしまったのではないかと思って、時折天気予報にかけてもみたが、もちろん異状は何もなかった。

「あ……明日も晴れそうだってさ」

不思議そうに見つめる姉に、ぼくはひきつった笑いを浮かべながら言った。

犯人が、こちらをじらす作戦に出ているのかもしれない。だとしたらその作戦は見事に成功していると言えた。今なら、ぼくは何を言われても犯人の命ずるままに行動するだろう。

ぼくは頭を抱えながら、あの夏の日のことを思い出していた。

それまで奈津子は同僚の一人に過ぎなかった。しかし奈津子が両親を交通事故で一度になくし、悲しみに暮れていたあの日、ぼくはひそかに思ったのだった。ぼくが探していたのは彼女だった、と。

半年後、ぼくが求婚した時、彼女はなかなか本気にはしなかった。そしてぼくが本気だと分かっても、仕事をこのまま続けたいだの自分の方が年上だのと理由をつけては返事を渋ったものだった。

ぼくは一つ一つじっくりと説得を続けたが、要は彼女は結婚を恐れていただけのことだった。ぼくが彼女を愛しているということを確信するようになると、すべては変わった。服装から表情から、前はどことなく陰気な感じだったのも、がらりと明るくなり、生き生きとして見えたものだ。

同僚達は、「あの子があんなに美人だったとは気がつかなかったよ」などと言ったものだが、ぼくだってあの変貌ぶりには驚いたものだった。

あれから一年近く、ようやくここまで来たというのに、なぜこんなことに？

——生きていてくれ、奈津子。

4

耕介《こうすけ》が初めてわたしにプロポーズしたとき、わたしは動揺を押し隠し、冗談として笑い飛ばした。

わたしはあの時もう三十を越えていて、耕介より三つも年上だった。それを抜きにしても、根拠もないのにプレイボーイと決めつけられるほどの耕介には、わたしはどう考えても不釣り合いだった。わたしより若くてきれいな女の子達がうちの課だけでもたくさんいて、その子達はみんな、独身男性の中では野島さんが一番ねと噂していたのだ。

なのにわたしときたら——。

彼がいわゆるプレイボーイなのではないかという思いこみは、すぐに否定された。驚くほど純粋で、信じられないほどうぶだったのだ。

彼のわたしに対する思いが一種の同情なのではないかという考えは、なかなか捨てきれなかった。天涯孤独のオールドミス（というにはまだ若いと思うけれど）を、雨に濡れた哀れな捨て犬のように可愛がっているだけなのではないかと。

でも、それも今はもう違うと分かっている。いや、たとえ初めはそうだったとしても、二人の間に本物の愛情が育ちつつあることにわたしは確信を抱いていた。彼の同情も、わたしの戸惑いも、どちらも今は愛に変わりつつあると信じていた。

そう、つい一ヶ月前までは――。

別に何かがあったというわけではない。

いつもと同じ彼の優しい言葉、暖かな視線、そして時に激しいセックス。それらには何の変化もない。しかしそれにもかかわらず、いつもと同じはずの二人の間に、何かしら違和感のようなものが入り込んでしまったのだった。

彼が変わったのか、わたしが変わったのか。それとも初めから何も変わってはいないのか。

マリッジ・ブルーという言葉があったはずだ。結婚式が近づくにつれ、花嫁が不安になることを表しているのだろう。人生の大事な決定をするのだから、不安になるのも当然だ。結婚式や新居、ハネムーンのことなんかで花婿やその家族と言い争いをする羽目になったりすることもその理由の一つだろう。

わたしの方にうるさい家族がいないせいもあって、幸いトラブルのようなことは全然ないが、不安が何もないといえば嘘になる。わたしもそのマリッジ・ブルーの状態なのだろうか。

それだから、二人が幸せになれることを、そして彼の愛情そのものを疑ったりしてしまうのだろうか。

まったく馬鹿げた話だ。一瞬でも、彼がわたしを愛してないと思うなんて。

恋愛なんてそもそも二人で抱く共同幻想にすぎないことは分かっている。疑いだしたらきりがないということも。

しこりのようなその疑いは結婚式が近づくに従って悪性の腫瘍《しゅよう》のように全身に拡がり始め、わたしはついにどうしていいか分からなくなってしまった。

思いあまって相談したのが、耕介の姉、一絵さんだった。わたしは昨日、土曜日の午後に彼女と喫茶店で会った。

「今日は何を買いに行くの？」

買い物とばかり思いこんでいたらしい一絵さんが言った。

わたしは適切な言葉を見つけることが出来なかった。どんな言葉でも、この気持ちを彼女に伝えるのは不可能な気がしてきた。

「どうしたの？　考えこんじゃって」彼女はすかさずわたしの様子を見てとったようだった。

「……その……何て言ったらいいのか……うまく言えないんですけど……」

「何？　悩み？　耕介と喧嘩でもしたの？」

わたしは首をぶるぶると振って否定した。「いえ、そんなことじゃないんです。彼はとっても優しいし、問題は何もありません。ただ……多分、少し不安になってるだけだと思うんです」

そう、まったくその通りだった。口に出すのも馬鹿馬鹿しいような気がしてきた。

一絵さんがじっと顔を見つめるので、わたしはうつむいた。

「そうね。大事なことなんだもの。不安になって当たり前よ。いろんなことを考え直した方がいいわよ」

わたしはぎょっとして顔を上げる。

「考え直した方がって……」

彼女はテーブルにぐっと身を乗り出し、真剣な顔つきで言った。「今ならまだ結婚そのものだってやめることができるわ。そうでしょう？」

「そんな……あたし別に、結婚をやめるなんて……」

「じゃあ、何？」

「……時々、彼の気持ちが分からなくなることがあるんです。本当に……その……愛してくれてるんだろうかって」

顔がかっと熱くなるのを覚えた。一絵さんはにこりともせずにうなずく。

「あたしも、ずっと気になってたのよ」

「え？　お姉さんが？」

彼女も同じ悩みを持っている、そういう意味かと思ったが、そうではないようだった。

「……子供の頃から、誰かを好きだとか嫌いだとか、そういうごく当たり前の感情に乏しかったような気がするの。あたしが言うのも何だけど、少し気持ち悪いと思うこともあったわ」

ショックだった。実の姉にそんなふうに言われるような人ではないはずだった。それに知り合ってさほど間のない弟の婚約者に、こんな言い方をするだろうか。

「多分、感情の起伏が少ないっていうか、顔に出ないせいだと思います。別に感情に乏しいわけじゃ……」

「でも、泣いたり怒ったりしたの、ほとんど見たことがないのよ。あなたもそうでしょ？」

確かにそういった激しい感情をむき出しにすることは少ない耕介だったが、それがわたしの不安の原因なのだろうか？

「……あたしはもちろん、弟の結婚を望んでないわけじゃないわ。でも、ね。正直、不安なの。あの子が奥さんを幸せにできるのかなって」

「だって、耕介さんは優しいし、仕事だってきちんとしてるし……」

「はっきりした理由があるわけじゃないわ。でも何となく、平凡な家庭を築くとか、そういうタイプじゃないような気がするのね」

わたしはそれを聞いてうなずいていた。一絵さんの言う不安こそ、わたしの抱いていたものと同じなのかもしれなかった。

耕介にしてみれば理不尽な話だろうと思ったが、二人の人間が同じ感じを抱くというのは、やはり彼の側に何かそう思わせる理由があるということなのかもしれないと思った。

突然、一絵さんが顔を輝かせ、言った。

「ねえ、誘拐っていうのは、どうかしら？」

「ゆ……誘拐？」

何を言っているのかわたしには分からなかった。

彼女はさらに顔を近づけると、声を潜《ひそ》めて説明を始めた。

それがわたしの狂言誘拐の計画だったのだ。

5

誘拐したという電話を何本かかけた後、一絵さんが彼の様子を確かめに行ってくれるというのだ。どれほどわたしを大事に思ってくれているかは、そういう極限状況になって初めてはっきりする、というのが彼女の意見だった。一見優しそうな男でも、そういう場面になったら逃げ出す、ということは充分考えられる。

弟がそんな男だとは思いたくないけれど、あなたを不幸にするような真似だけはさせないわ、と彼女は言ってくれた。

狂言誘拐というのは、いくらなんでもやりすぎじゃないかと最初は反対した。大体、後で実は狂言でしたと打ち明けたとき、わたしを愛してくれていればいるほど、逆に傷つきはしないだろうか。このことのせいで、彼の愛を失うようなことになってしまったら、愛情が確認できたところで何の意味もない。

しかし一絵さんは、そこのところの罪は全部自分が引き受けてやるから心配するなと言うのだった。彼女はすっかりこの考えにとりつかれていて、冒険でもするみたいにわくわくしているようだった。

わたしが今朝、一絵さんの家を訪ねると、ご主人の幸彦《ゆきひこ》さんは接待ゴルフだとかで留守にしていたので、そのままそこをわたしの〝監禁場所〟とすることに決め、一絵さんは耕介の所に電話をかけた。

驚いたことに彼女はどこからかボイスチェンジャーなるものを手に入れていた。マイクに向かって話すと、テレビの匿名インタビューなんかでよくあるような奇妙な声に変換してくれるのだ。

二本の電話をそれを使ってかけた後、今度は生身の声で電話をかけ、彼の様子をうかがう。耕介は、一絵さんに相談しようと思ったのだろう、彼女に来てくれと頼んだ。すべては予定通りだった。

一絵さんが新居についてそろそろ二時間。もういい加減見極めもついたのではないだろうかとわたしはじりじりしていた。耕介を苦しめるのは短ければ短いほどいい。

わたしは電話を見つめながら待ち続けている間に、少しずつすべてが馬鹿馬鹿しく思えてきた。

彼の愛を疑ったのも馬鹿なら、こんな計画に賛同したのも馬鹿だった。

わたしは耕介に電話をかけようと立ち上がった。受話器を取り上げ、そしてまた元に戻した。

駄目だ。今すべてを打ち明け、計画を壊したところで耕介を傷つけることには変わりがない。それなら計画通り、一絵さんにすべて任せておいた方がいい。

わたしは観念して、深々とソファに座りなおした。

6

誘拐犯からの電話は、なかなかかかってこなかった。ぼくはうろうろと歩き回るのにも疲れ、電話の前に椅子を持ってくるとそこに座って待った。

なぜだ？　なぜかかってこない？　この状態が明日まで続いたら、夜が明ける頃にはぼくの胃には大きな穴が開いていることだろう。

奈津子、奈津子、ぼくの奈津子。

「そんなに彼女のこと、心配？」姉が、言わずもがなのことを聞いたので、ぼくは驚いて見つめ返した。

「何言ってんだよ。当たり前じゃないか！」

「そうよね。ただ、あんたがそんなに誰かを心配したりすることがあるなんて、ちょっと意外だったから」

「……どういう意味だよ。彼女はぼくの婚約者なんだぜ？　心配して当たり前だろう？」

そう、今はまだ婚約者だ。一週間後には妻になっていたはずの——。

「ごめんなさい。変なこと言って」

初めのうち心配しているように見えた姉だったが、時間が経つにつれ、そんな様子が見えなくなっていた。仲が良さそうに見えたとしても、しょせんは弟の婚約者、大したつながりがあるわけではない。他人事のように感じたとしてもおかしくはないが……。

「姉さん、何か知ってるんじゃないだろうね」

「何かって、何を？」姉はとぼけてみせたようだったが、動揺しているのは分かった。

どういうことだ？　姉がいったいぼくに何を隠すというんだ？

まさか。

「姉さん……姉さんが、奈津子を誘拐したんじゃないだろうね？」

姉はしばらくぼくの顔を見つめていたが、やがて爆発したように笑い始めた。そしてしばらく笑い続けた後で、涙を拭《ぬぐ》いながら言った。「あーあ。ばれちゃしょうがないわね。共犯者に連絡することにするから、電話を貸してね」

「共犯者って……幸彦さん？」呆然と呟《つぶや》いたぼくの言葉に、姉はまた爆笑した。

姉は受話器を取り上げ、どこかに電話をかけた。

相手が出たらしく、彼女は言った。「もしもし？　万事順調よ。人質を解放して」何度かうなずいて、「そう、そう。そうよ。だから大丈夫。人質を解放して。いいわね？」

そして彼女は電話を切ってこちらへ向き直った。「これで大丈夫。奈津子さんは戻ってくるわ」

ぼくはまだ混乱していた。自分で言ったことではあったものの、姉が奈津子を誘拐などするはずはなかった。何かの冗談なのか？　それとも……。

おぼろげながら、事の真相が見えてきた。

表情でそれと分かったのか、姉はいたずらっぽい笑みを浮かべてぼくのそばに来ると、さとすような口調で狂言誘拐のいきさつを話し始めた。

初めは驚いたものの、話が進むにつれ、胸に暖かい安堵《あんど》感が拡がっていくのを感じていた。いたずらではなかったものの、奈津子の狂言だったのだ。誘拐などなかった。奈津子は無事だ。奈津子は生きているのだ。

「よかった」

姉はぼくが喜んでいると気づかない様子で、同じ言い訳を繰り返している。

「奈津子さんを責めるのはお門違いよ。要はあなたの愛情表現に問題があったってことなのよ。女はね、毎日『愛してる』って言われたいのよ。それでも少なすぎるくらい」

「分かったよ。分かってる。これからはちゃんと言うよ」そんなことで彼女が安心するというのなら、一日百回だって言う用意はある。

「もちろんそれだけじゃないと思うわよ。話してるときに楽しそうじゃなかったとか、そういうこともあるのかもしれないわ。でも――」

「もういいよ。分かったってば。奈津子が来たってぼくは怒ったりなんかしない。ぼくは嬉しいんだ。見て分からないか？」

姉は上目遣《うわめづか》いにぼくを見ながら、訊ねる。「ほんとに？　ほんとに、全然怒ってないの？　だまされかけたのに？」

ぼくは首を振った。

「怒ってないよ。ほんとだってば」

強く言い、彼女の目を覗き込んでようやく姉も信じたようだった。

「そう。じゃ、もうすぐ奈津子さん来ると思うけど、あたしは遠慮するわね。——また何か、悩みがあったらいつでも相談に乗るって言っておいてね」

「ああ」

姉は妙に気を遣《つか》ったのか、そそくさと帰っていった。彼女が外へ出たと思う間もなく、チャイムが鳴って、ぼくはインタフォンに出た。

「はい」

「……あたし。奈津子です」消え入りそうな声だった。

「ああ。あがってこいよ」ぼくはつとめて明るい声を出した。奈津子もまた、姉と同じで怒られることを予測しているだろうから。

奈津子のためにドアを開けて待っていると、エレベーターのランプが上がってくるのが見えた。ドアが開き、奈津子が立っているのを見た途端、改めて安堵がこみ上げてくるのを覚えた。

生きている。奈津子は生きている。

涙が出そうになった。

奈津子が一歩ずつ、そしてすぐに小走りになってぼくの元へ走ってきた。ぼくは両手で彼女を受けとめた。

「ごめんなさい、ごめんなさい……」彼女はぼくの胸で泣きじゃくった。

「謝ることなんかないよ。ぼくも悪かった。奈津子をそんなふうに不安にしてたなんて、全然気がつかなかった」

そうだ。なんて愚か者なんだ。不注意としか言いようがない。彼女をそもそも愛してないなんてことは絶対に気づかれてはならないのに。

「耕介……」潤んだ瞳で奈津子がぼくを見上げた。

「奈津子」

ぼくは（多分）優しい目で彼女を見つめ、きつく抱きしめながら唇を重ねた。

大丈夫だ。危ないところだったが、大丈夫だ。彼女が生きているのも喜ばしいが、今日のことが結局二人の絆を深めるのならそれもまた喜ばしい。万事オッケーというわけだった。

両親の告別式で泣いていた彼女を見たとき以来、一年近く。それだけかけて積み重ねてきた努力を台無しにされてたまるものか。

彼女が死ぬのは、入籍し、生命保険の書類を書き終えてからでなければならない。お互いを受取人とする一億円の保険だ。彼女も働くつもりなのだから、お互いにかけたっておかしくもなんともない。

——入籍してから、うまい具合に誘拐されて殺されるなんてことは、ないだろうな。
ま、自分で手を下すのも、悪くない。

嫉妬

1

優美《ゆみ》はベッドの上でうつぶせになり、死体のようにぴくりともしない。数回のオーガズムに達した後、ほとんど失神するようにして眠りに落ちたのだ。

ゆっくりと時間をかけてやったから、いつにもまして激しくよがり、泣きわめいた。時々反抗的な口を利くこともあるが、これだけ可愛がってやればしばらくは大人しくなることを知っていた。

俺はベッドから降り、今さんざんこき使われたばかりの自分の道具を見下ろした。荒っぽい同業連中には、真珠だの特殊樹脂だのを埋め込んでいる奴も多いが、俺のモノにはそんな小細工の必要はない。太さ、長さ、硬さ——すべてが完璧だった。インパクトを与えるに充分なほど大きいが、恐怖は感じさせない程度。

その点だけは、やはり立派なモノを持っていた父親に感謝すべきかもしれない。

俺は鼻歌を歌いながら裸のままバスルームへ行き、シャワーを浴びて念入りに汗を洗い流した。身体を拭き、髪を乾かすと、全身の映る鏡の前で身体をチェックする。リムーバーでむだ毛を取り、全身にローションをすり込む。アラミスのオー・ド・トワレを腋と首筋、そして股間に一吹きし、最後に髪をムースで整える。

首をひねって後ろを映してみる。背中から尻、太股《ふともも》へと視線を下ろす。すべすべとしたしみ一つないきれいな身体だ。きゅっと締まった尻は十代の少年のものかと思うほど、ぷりぷりとしていた。俺の女たちと比べても、決して見劣りしない。

今日も完璧だ。

俺はバスルームを出るとワードローブに向かい、服装を選んだ。マリンブルーのブリーフはすぐに決まった。黒のシースルーのカットソーに、黒の上下。アクセサリーは迷ったあげく、シルバーのチェーンを首にかけるだけにした。

ベッドルームに行くと、優美はまだ死んだように眠りこけていた。

この馬鹿女が。

髪の毛を摑《つか》んで引きずり回してやろうかと思ったが、それは得策ではないと思い直した。俺は苛立《いらだ》ちを抑え、彼女の尻をパチンと叩くだけにとどめる。

「優美。そろそろ出かける時間だぞ」

「う……ううん……」

ゆっくりと寝返りを打ったが、まだ目を開かない。俺は耳元に口を近づけ、「俺を怒らせるつもりか？」とわざと猫なで声で言った。

途端に彼女は目を開き、飛び起きる。

「……ご、ごめんなさい。すぐ用意するから」優美は強ばった笑みを浮かべながら、慌《あわ》てた様子で散らばった服をかき集め身につけ始めた。

これでいい。可愛がってやるときは思い切り可愛がるが、つけあがらせてはいけない。誰が主人なのかは常に忘れないようにしておく必要がある。

優美は姿見の前で服装を確認すると、俺の方をちらりと見た。これでいいかと訊ねているのだ。俺は大きく頷《うなず》いて言ってやった。「きれいだよ。それでいい」

彼女はぱっと明るく微笑《ほほえ》んだ。


女は三人。それより多くても、少なくてもいけない。それが俺の経験則だ。一人では、ぼろぼろにするほど働かせなければ充分な金は手に入らない。二人だと、必ず敵愾心《てきがいしん》を燃やし、やがては問題を起こす。そして四人以上となると、一人一人に充分なケアをしてやることができない。セックス一つとっても、必ず手抜きになる。俺が手を抜けば、女達も手を抜く。時には金をごまかし、ひどいときは何もかも持って高飛びしようとするやつもいる。

女は三人がいい。しつけを間違えさえしなければ、少なくとも表面上は仲良くつきあいもする。時々は二対一で反目することもあるが、その場合は俺が少数派についてやることで何とか収まりがつく。

俺達はマンションを出たところで別れる。俺は客を探しに、そして優美は自分のマンションに戻って、仕事に備え念入りに身支度を整えるために。

俺は客を見つけると、女達の一人に電話で連絡し、客の顔とホテルの部屋を教える。客が金を払わないとか、危険なプレイを要求するなどのトラブルがあれば駆けつけなければならないから、俺は近くのバーでゆっくりカクテルでも飲みながら、次のカモになりそうな奴を探しておけばいい。

単純といえば単純な仕事だ。脳味噌が筋肉でできてるような奴なら、トラブルが起きてもちょっと凄んでみせればそれでいい。でも俺はもっとソフィスティケートされたやり方でいきたい。

俺は自分のことを〝ヒモ〟ではなくマネージメント業だと自負しているし、女達は専属のコンパニオンだ。強いヤクは絶対にやらせないし、健康診断も受けさせている。マリファナ程度の〝お楽しみ〟は時々用意してやるし、最低でも週に一度は今日のようにじっくり可愛がってやる。

あがりの七割は俺が取るが、それでも彼女達から文句が出ないのは、俺のやり方に納得しているからに違いない。

――この俺の逸物《いちもつ》の味をもう忘れられないからというのが最大の理由なのはもちろんだが。


優美と別れたのは午後四時半。梅雨明けの金曜日ということを考えると、今日は稼ぎ時だ。サラリーマンはボーナスも出たばかりだろうし、気も緩《ゆる》んでいるだろう。早い時間に客が取れれば、みんな二回転できるかもしれない。

俺のマンションは大久保《おおくぼ》にあり、少し歩けば歌舞伎町《かぶきちょう》だ。青々とした街路樹の下をゆっくりと歩きながら、いい日になりそうな予感を抱いていた。

職安通りでのんびりと信号待ちをしている時に、それは起きた。

たまたまちょっとしたエアポケットのように、車の流れは途切れていた。そして職安通り側の信号が赤になった途端、俺の隣で信号を待っていた小学生二人は青になるのを待ちきれず、道路に飛び出した。

タイヤの鳴る甲高い音を耳にして右手を見ると、赤信号を突っ切るつもりだったらしい軽トラックが、横腹を見せながらこちらへ近づいてくるところだった。

トラックがボレロに合わせてでもいるみたいに目の前でゆっくりと回転しているのを、

俺は魅入られたように見つめていた。トラックが後部を見せ、ナンバープレートが目の前を横に流れる。次に反対側の横腹が向いたところで今度は荷台が傾き始めた。木を組んで、積み荷を支えてある。あの積み荷は——

次の瞬間、俺は路上に叩きつけられ、空を見上げていた。

抜けるように青い空だった。その青い空が一瞬で真っ赤になったのが、俺が最後に見た光景だった。

2

人間は生まれた瞬間のことを憶えていないし、いつから〝意識〟を持ちはじめたのかということさえ分からないのが普通だろう。俺の目覚め方もそんな感じだった。

深い深い暗黒。いくつもの悪夢。それらの悪夢のうちのいくつかが現実だと気がつく頃、他の悪夢はもはや内容を思い出せない。

入れ替わり立ち替わり現れ、俺に話しかける亡霊達。その亡霊達が実は肉体を持った人間であることを納得するのにも永遠と思える時間がかかり、やがては亡霊だと思っていたことなど遠い記憶になってしまう。

そうして少しずつ少しずつ、自分が病院のようなところにいるらしいとの認識を持つようになっていた。

〝ようなところ〟というのは、俺の知っている病院とはかけ離れていたからだ。俺は首を動かすことができなかったので、大したものは見えなかったが、天井の大きさからして部屋が相当広いことは分かった。俺はそのど真ん中に寝ているようなのだが、他にいるのは医者や看護婦ばかりで患者は俺一人らしい。そしてどうやら多くの機械類が俺の周りに配置されているようだった。

集中治療室、という言葉が浮かんだが、俺がメディアを通じて知っているＩＣＵとはどうも趣が違うようだった。例の無菌室的なイメージではなく、コンピュータルームや、ロケット打ち上げの管制室のような雰囲気。

俺の周りからは人の気配が絶えることはなく、一日中忙しく動き回っている様子だった。といっても時間の観念が完全に失われているだけでなく、自分がいつ眠りいつ起きたのかさえ分からない俺にとっては、本当に彼らが一日中働いているのかどうかなど知るよしもなかった。

眠りともつかぬ眠りと、現実とも思えぬ現実の間をそうやって何度か行きつ戻りつしたあげく、俺は突然自分が言葉を話していることに気づいた。

「……丈夫です」俺は言ったが、自分がそれまで何を話していたのか、相手が一体誰なのかはまったく分からない。何が丈夫なのか。大丈夫、と言ったのか？　これから何を話せばいい？

「事故の記憶はありますか？」

そう訊ねたのは女の医者だった。化粧気はなく、髪の毛も後ろで束ねているだけだったが、なかなかの美人だった。もちろん、俺の抱えている女達とはまったく違うタイプだ。年もおそらく三十過ぎ、もしかすると俺より年上かもしれない。こんな女を犯してみたいと思う男は多いだろう。俺は股間のモノがむくむくと頭をもたげるのを感じ、こんな状況でも欲情する自分自身に驚いていた。白衣の胸には上原《うえはら》と書かれたネームプレートがついている。

「……事故……？」俺は彼女の顔を見つめたまま、オウムのように言葉を返していた。

「ええ。憶えていないんですね？」

そう念を押されて、突然鮮烈なイメージが現れた。迫り来るトラック、倒れかかる積み荷、そして一瞬後——

俺は路上に叩きつけられていた。それは憶えている。しかし一体何が起きたのかは憶えていない。というより、分からないままに意識を失ったというのが正解だろう。

「……トラックに……はね飛ばされたんじゃ……？」

「いいえ、少し違います」上原医師は首を振り、躊躇《ちゅうちょ》するように言葉を切った。

大きな事故に遭ったらしいことはすでに分かっている。相当な重傷だったに違いないことも。そうでなければこんなところにいるはずがない。俺は他人事のように、ひどく冷静にそんなことを考えていた。

「――ひどい事故だったようです。近くにいた方も何人か怪我をし、二人の方が亡くなりました。あなたも、まず助からないだろうと誰しもが思いました。あなたがここにこうして生きていること自体が、現代医学が生んだ奇跡と言っていいでしょう」

慎重に言葉を選んでいるその様子に、次に来るのが悪いニュースであると俺は気づいていた。

「――それで、俺は一体どうなったんです。生きてはいるが、一生動けないんですか？それとも、ふためと見られぬ象人間にでもなりましたか？」

知らず知らず責めるような口調になっていたが、彼女はたじろがなかった。

「……いずれ、昔と同じように動けるものと私は確信しております。でも残念ながら、当分の間、不自由な思いは我慢してもらわなければなりません」彼女は一旦言葉を切り、思い切ったように再び口を開いた。「――気丈な方のようですからはっきり申しますが、あなたは今現在、下半身が……下半身がない状態なのです」

「……下半身不随、という奴ですか」俺は言いながら、胸のあたりからじんわりとショックが拡がるのを覚えていた。そう、それは俺がもっとも恐れていた結果だった。昔から、その言葉を聞くたびに、そんなふうになるくらいなら死んでしまった方がましだとさえ思っていたものだ。まさか自分が本当にそうなってしまうとは。

しかし彼女は目を伏せたまま首を振った。「いいえ。下半身不随ではありません。――トラックの積み荷は大きな板ガラスでした。横倒しになったトラックからそれが振り落とされ、あなたの腹のあたりを水平に直撃したんです。背骨まで粉々に打ち砕いて……あなたの身体は完全に両断されていました」

一瞬想像した光景に戦慄《せんりつ》したが、すぐに嘘だと思い直した。そんな状態になって、人間が生きていられるわけがない。悪い冗談だ。彼女は俺の顔色を読んだのか、更に続ける。

「通常なら瞬間的な死を迎えたことでしょうし、そうでなかったとしても大量の失血でショック死していたはずです。救急隊員も、最初は死体だと思っていたようです。何しろ、上半身と下半身が完全に分かれているんですからね。――ところが、あなたを両断したガラスが、事故後もずっと断面に密着していたおかげで、失血は致命的なものにはならなかったんです」

冗談にしては手の込んだ嘘だったが、やはり俺には信じられなかった。現についさっき俺の下半身は反応していたはずではなかったか？

混乱する俺に向かって、上原医師は元気づけるように微笑みかける。

「――でも、たとえショック死しなかったとしても、通常の医療ではやはりあなたを助けることはできなかったでしょう。大腸、小腸、腎臓、肝臓といった主要臓器がほとんど壊滅的な状態でしたからね。たまたまこの病院に、肝臓を含む人工臓器システムのプロトタイプが、さらなる研究開発のために搬入されたばかりだったことが、あなたの命を救うことになったんです」

人工臓器――この広い部屋はそれを管理するために必要だったのだろうか。だとしても、俺は下半身を失い、機械につながれたままでしか生きていけないということなのではないだろうか。そんなのが果たして生きていると言えるのか？　――いや、さっきこの女は確か「いずれ動けるようになる」とか何とか言ったのではなかったか？

「奇跡はそれだけじゃないわ。あなたの下半身も、助けることができたのよ」

「……下半身を……助けた？」

「ええ。現在別室で、半永久的な保存を行えるよう、最善の努力をしています。今の技術では無理だけど、いずれ必ずあなたの身体を接合できるようになるでしょう。その時のために、人工体液を循環させて組織の破壊を食い止めるのです」

「俺の……俺の下半身を……保存？」

喜ぶべきなのか、悲しむべきなのか、俺には分からなかった。そもそも下半身がないという言葉さえ信じることができないでいるのに、その下半身が保存されているだの、いつかは接合できるだのと言われても、当惑するばかりだ。

「今でも指の切断くらいなら、多少手術痕《しゅじゅっこん》は残るけど、接合することは簡単だし、神経もやがて再生します。あなたの場合、それとは比べものにならないほど複雑な状況ではあるけど、望みはあると思います。私はそう信じています」

その確信を証明するかのように、彼女はきれいな瞳を見開いてじっと俺の顔を見つめた。

俺はいらいらして目を逸らし、少し声を荒らげて言った。

「ごちゃごちゃとわけの分からないことを言うよりも、俺の身体を見せてくれ！　一体どうなっちまったんだ！　身体が真っ二つだって？　冗談じゃねえよ。そんな話が信じられるか！」

そんなつもりはなかったのに、声はどんどんと激しさを増し、最後の方は震えを抑えることができなかった。

身体が両断されたなんて、あるはずがない。あってはならない。下半身不随でさえ耐えられないと思っていた俺が、下半身がないなんて状態に耐えられるわけがない。冗談であってくれ。夢であってくれ。

彼女はしばらく俺の顔を複雑な表情を浮かべて見下ろしていた。

「……ショックでしょうけど、希望は捨てないでください。頭には異常はないし、そのうち手も自由に動かせるようになります」

それ以上俺と話すことはないと判断したのか、彼女はくるりと背を向けて俺の視界から消えた。

「ちょ……ちょっと待ってくれ！　俺の……俺の身体を見せてくれたっていいだろう！」

必死で力を込めると、ゆっくりと首が動き始めた。振り向いて、驚いたように俺を見つめている女医の姿が見えてきた。

「やめなさい！　まだ無理をしないで！」

彼女は慌てた様子で駆け戻ると、俺の胸のあたりに手を置いて、何度も頷いた。

「自分の目で見なければ納得できないというのなら、そのようにします。――でも……今すぐじゃない方がいいんじゃないかしら？」ショックを与えることを心配しているらしかったが、無用の気遣《きづか》いだと思った。

「いや。今すぐだ。今すぐ見せてくれ。俺を……俺を悪い冗談で担いでるんじゃないことを証明してみせてくれ」

彼女は諦めたように頷き、俺の見えないところに手を伸ばして何か操作したようだった。と、静かなモーター音がして、ゆっくりと俺の身体が浮き上がり始める。いや、ベッドのリクライニングが上がっているのだ。

天井しか見えなかった視界が、徐々に下に下がり、正面の壁が見えるようになる。身体がまったく動かないところを見ると、どうやら俺の身体はベッドに固定されているようだった。

四十五度近く起きあがったところで、モーターは停止した。

部屋は俺の思っていた通り、様々な機械と技師、そして看護人達で溢れていた。彼らは皆いちように立ち止まり、俺達の方を固唾《かたず》を呑んで見つめている。

再びモーターが動きだし、今度は視界が右へ流れ出す。そして、今まで見えなかった右側の壁が少しずつ見え始める。そこには、縦四列、横五列、合計二十もの大きなモニターが並べられ、コンピュータ端末の画面らしきものを映し出している。その中に、二つだけ、カメラで映しているものらしい画面があった。

「十九番をアップにして」上原の静かな声が響くと、二十のモニターが一つの画面を映し出した。どこかの部屋を上から捉えた映像のようだった。四角い台のようなものに載せられた人間。いや、それは載っているというよりも、まるで機械に取り込まれようとしているかのように見えた。見えているのは台に固定された裸の上半身――横隔膜のあたりから上だけ。そしてその下からは絡まり合った無数のチューブとコードが触手のように延びていて、台とつながっている。

恐る恐る視線を上にずらしていくと、天井から吊り下がったカメラのレンズが俺を冷たく見つめていた。

俺はごくりと唾を飲み込んだ。下半身不随、なんて生やさしいものじゃない。これが生きていると言えるだろうか？　おぞましかった。これでは……これでは半分死んでいるのと同じだ。俺は言葉を失っていた。

「――いいわ。元に戻して」女医の暗い声が響くと、再びモニターは別々の画面を映し出し、俺の姿らしい画像は細かいところが分からないほど小さくなってしまった。

　彼女は俺の正面に回ってくると、声を落とし、憐れむような目つきで言った。

「落ち込まないで。必ず……必ず元に戻れます。一年先か、二年先かそれは分からないけど、技術は日進月歩で躍進しています。希望を捨てないで」

「希望だって！　あれを……あれを見て、そんなものが持てるもんか！　俺をサイボーグにでもしようってのか。え？　ちょうどいい実験台が手に入ったとでも思ってるのか？　冗談じゃない！　俺はこんな姿になってまで、生きていたいなんて思わねえよ！」

　叫びながら、俺は吐き気を催してきた。医者達の手によって、呪わしい怪物に造り替えられたかのように感じていた。

「サイボーグなんかじゃないわ。あなたはあなた自身の下半身を取り戻すんですから。――二十番をアップにして」

　彼女の言葉に、一旦は閉じた目をそっと開け、モニター画面を覗《のぞ》き見た。そこに映し出されていたものは、さらにおぞましいものだった。

　下半身だ。まさに下半身だった。それが俺の上半身と同様、台の上に載せられ、固定されている。二本の脚があり、腰があり、そして脚の間にだらりと横たわった長い男根がある。俺は一目見て、ニスを塗ったように黒光りしているその逸物が自分のものだと気づいた。何十人もの女達にエクスタシーを与えてきた俺の大事な道具。あれは間違いなく俺の身体だ。

おぞましいが、俺はそれから目を離すことも閉じることもできなかった。

腰の上からは、上半身と同様チューブやコードが台の中に延びてはいたが、その数は圧倒的に少なく、画面で数えることができそうなほどだった。

「ああやって、体液を交換し続けるとともに、常に健康チェックも行っています。今のところ、あなた自身より先に死ぬことはないと私達は判断しています」

俺よりも、あの下半身の方が長生きする——？　とんだブラック・ジョークもあったものだ。俺は笑い出しそうになったが、今笑ったらそのまま狂ってしまいそうな気がして必死でこらえた。

「……本当に……本当に、元通りになるのか？」俺は無理矢理目を上原に向けながら、訊ねた。彼女の言葉を信じたかった。頼むから俺に信じさせてくれ。

「ええ。必ずなります。大丈夫」

俺はその言葉を信じた。信じるしかなかった。

3

一旦状況を受け入れてしまうと、病院での生活は気楽といえば気楽だった。食事はもともと好きな方ではなかったからすべて点滴でも構わなかったし、何より働かなくても金が入ってくると考えるだけで、俺の心は安らいだ。治療費はもちろんだが、仕事ができない間の補償もトラックの運転手と、それを雇用していた会社が行ってくれるというのだ。俺はフリーターだとごまかしたから、本来の稼ぎにはほど遠いが、それでもなにがしかの金が寝ているだけで入ってくることになる。――彼らも警察や何かと連絡を取っているだろうから、もしかすると俺の本当の仕事のこともちゃんと分かっていて、大目に見てくれたのかもしれなかった。

心配なのは女達だったが、できることなら彼女達にはこの姿を見せたくなかった。彼女達の目に嫌悪と憐憫《れんびん》の表情が浮かぶところを見たくなかった。彼女達がこの身体から目を背けるところを見たくなかった。

一度だけ優美に電話をかけ、「俺のことは心配するな」と言って、生きていることだけを伝えた。おそらく彼女達は俺に捨てられたのだと解釈し、自由にやっていくか、別のヒモを見つけるだろう。

自分でも意外なことだったが、大切なものを失ったという思いで、俺はひどく打ちのめされた。涙は出なかったが、その夜はなかなか寝つけず、鎮静剤の注入を頼まなければならないほどだった。

一夜明けると、生まれ変わったようにすがすがしい気分だった。

何もかもなくした。普通の人間としての生活を、仕事を、愛を、そして肉体の半分を失った。あと失うことができるのは命くらいのものだ。

しかし、すべてに執着がなくなったわけではない。

失ったすべてのものの穴埋めに、毎日顔を出し、じっくりと話を聞いてくれる上原の存在が、俺の中で日毎に膨れ上がっていった。

カウンセリング、という名目のもとにプライバシーを確保してもらい、俺達は長い時間色々な話をした。俺の本当の仕事のことも打ち明けた。彼女がさほど驚かなかったところを見ると、やはり知っていたのだろう。嫌悪感を抱いたのかもしれなかったが、表情には出さなかったので、本当のところは分からなかった。しかし俺は、彼女にはすべてを知っておいてもらいたかったのだ。

彼女のことも、少しずつ聞き出すことに成功した。

年齢は三十三歳。俺より二つ上だ。下の名前は渚《なぎさ》。

「――こんな女には似合わないでしょ」彼女は自嘲《じちょう》気味におどけてみせたが、俺は彼女にぴったりの可愛い名前だと心から思い、そう言った。少女のように頬《ほお》を染めるのを見て、俺は忘れかけていた何かを取り戻したような気がした。

白衣の天使とは普通看護婦をさすのだろうが、上原渚こそが俺にとっては天使だった。

夜中に恐ろしい悪夢を見て飛び起き、彼女を自宅から呼び戻したこともあった。彼女は嫌な顔一つせず俺の元へ駆けつけ、手を握りながら話を聞いてくれた。

彼女は診療医ではなく研究医だったから俺にかかりきりになることができたのだろうが、それでも月に何度かは休むことがあったし、風邪をひいたという話を他の医者から聞かされることもあった。そんな日は一日中重苦しく、この世の終わりのような気さえした。

彼女さえいてくれれば他には何もいらない、このままでいい——そんなふうに思うようになっていた。

いや、それは少し違う。彼女を思えば思うほど、俺は失われた肉体を取り戻したいと切望するようになったからだ。彼女を抱きたかった。

この数ヶ月セックスをしていないということが関係していなかったとはいえない。しかし、今まで他の女達に抱いたような動物的な欲望とは質が違っているように思った。貪り合うのではなく、互いに与え合うような愛情。そんな関係をこそ俺は欲していた。

彼女が独身で、恋人といえるような男がいないことは聞き出していた。たとえ彼女が話さなかったとしても、毎日毎日ここへ来ているのを見れば、その程度のことは想像がついていた。

ある日俺は、彼女と愛し合う夢を見た。全裸の彼女が仰向けの俺に跨《また》がり、激しく腰を使っている。小柄な彼女の身体は俺の巨大な分身に貫かれ、今にも裂けそうに軋《きし》む。苦痛と歓喜の入り交じった叫びを彼女が上げる。俺のモノは彼女の中でさらに膨れ上がり、そして爆発するようにして射精していた──。

生々しい夢だった。目を覚ましてからしばらくは、下半身が戻ってきて夢精をしたのではないかと疑っていた。夢精の経験はほとんどなかったが、この感覚はあれとそっくりだったからだ。

渚がおはようを言いに来たとき、俺はわざと明るく笑いながら、その話をしてみることにした。

「──渚とエッチなことする夢見ちゃったよ」

彼女は予想以上に動揺した様子だった。そろそろ心を許してくれていると思っていたのに、やはりそっちの話題には抵抗があるのだろうか。

「そう……長い間、何も解消する方法がないんですものね。仕方ないわね」

彼女は物わかりのいい保健の教師のような言葉を吐く。

誰にも聞かれていないことを確かめると、俺は言った。「それだけじゃない。渚が、好きなんだ。あんたじゃなきゃ駄目なんだ」

「これまでさんざんおいしいものを食べてきたから、たまには変わったものもつまみ食いしてみたいってわけ？」

その彼女の言いぐさに、俺はまんざら脈を感じないでもなかった。

彼女はコンプレックスを抱いている。容姿だけのことではないかもしれないが、自分に自信がないのは確かだ。こういうコンプレックスを持つのは、男の目で見て美人かどうかということとは関係ないのだと、俺は経験的に知っていた。少々お高く止まって見える美人でも、そういうものを持っている女は簡単に落ちる。

しかしもちろん、俺は彼女を攻略するゲームを楽しむゆとりなどはなかった。俺はただ彼女に愛されたかった。もちろん肉体的な結びつきも欲してはいたが、まず何よりも精神的な愛情を熱望していた。

「――何とかストレスを和らげる方策を検討してみるわ。読書やビデオ鑑賞もいいかもしれないわね。欲しいものがあったら何とか用意させるわ」

「ストレス？　ストレスなんかじゃない！　好きなんだって言ってるだろう？」俺は言ったが、彼女は聞こえない振りで歩み去った。

くそっ。結局、俺はただの可哀想な患者に過ぎなかったのか？　それとも、同情の対象にすらならない、実験動物？

「――俺はあきらめないぞ、渚！」

部屋中に響くのも構わず、俺は叫んだ。

しばらく前からテレビは見られるようになっていたのだが、そこにさらに多くのビデオや週刊誌、そして小説などが届けられるようになった。それらの中にはアダルトビデオやポルノグラフィーがさりげなく含まれており、これで性欲を解消しろというつもりのようだった。

冗談じゃない。自慰をすることさえ不可能だというのに、こんなものを見たら一層みじめに、そして欲求不満がたまるだけではないだろうか？

俺はあえて派手なアクションが売り物のビデオを選んで観てみたりもしたが、そういうものには決まってソフトな濡れ場が入っている。それだけでもう俺の存在しない下半身はいきりたつのだった。

渚はほとんど俺の所へ顔を見せなくなり、暖かみの感じられないエリート風の男の医師が様子を見に来ることが多くなった。避けられているのかもしれないが、たまりかねて彼に訊ねると、彼女は俺が寝ている間に出勤していることが多いという。しかもこちらではなく隣にある下半身用の部屋に行っているらしい。

――何故《なぜ》だ？

俺はその夜寝入った振りをしてじっと待ち続けていた。そのまま本当に寝てしまいそうになるのをこらえていると、やがてドアの開く音が聞こえ、誰かの足音が滑るように近づいてきた。

渚だ。渚に違いない。部屋の明かりは落とされているので、廊下から入る光によって、俺のベッド（厳密にはベッドではないが）の周りに張られたカーテンに、彼女のシルエットが浮かび上がった。

彼女がカーテンに手を掛けたのを見て、俺は目を閉じた。普段はつけていないはずの香水らしき匂いが漂ってくる。彼女の気配が近づき、俺の顔を覗き込んでいるらしいことが分かる。

自然な寝息らしきものを立てながらじっと我慢していると、すうっと空気の流れが変わり、彼女が去っていくのを感じた。ドアの閉まる音を聞いてから、俺はぱっちりと目を開け、リモコンを取り上げた。この部屋のいくつかの機能を自由に操作できるよう、俺のために作られたリモコンだ。

明かりはつけないまま、俺は壁のモニターをオンにして、〝下半身ルーム〟を全体に映し出した。下半身にはもちろん意識も視覚もないから、ここの明かりは落とされることがない。俺の身体に近づく渚の頭が見える。

彼女はしばらく俺の分身を見下ろしていたが、やがてすっと手を伸ばし、だらんと寝そべった俺のペニスを、持ち上げるように握った。

言い知れぬ衝撃が、俺の身体を突き抜ける。

何を――！

渚は覆い被さるように頭を股間に近づけ、それをトウモロコシでも食べるように舐《な》め始める。音声はなかったが、彼女の激しい息づかいと唾液の音が聞こえてくるような気がした。

ぐんぐんと俺のモノは硬さを備え、鉄塔のようにそびえ立つ。頰摺《ほおず》りする渚の横顔が映った。その目は恍惚として潤み、唇や顎《あご》は唾液にまみれて光っている。

俺は戦慄と官能を同時に味わっていた。愛する渚が、俺のモノをしゃぶっている。しかしその身体は腰までしかない、醜悪な化け物と化しているのだ。

何よりひどいのは、彼女は俺を拒絶しておいて、あっちを選んだということだ。

画面では、全裸になった渚が、俺の足の側を向いて下半身に跨ろうとしていた。手をあてがいながら、ゆっくりと腰を沈め、インサートに成功したらしいことが分かる。

目を閉じた彼女がカメラを見上げるように首を後ろへ反らし、喘ぎを漏らすように唇を開いた。

「やめろ!」俺は震える声で叫んだ。

こんなのはない。ひどすぎる。

彼女が上下に動き始め、乳房が揺れる。

「……この……この、淫売!」俺はリモコンをモニターへ向かって投げつけたが、届きもせず、床に落ちた。その拍子にどこかのボタンが押されたのか、画面モードが切り替わる。

すべての画面で、渚が俺を凌辱していた。二十人の渚が動き、その下で二十の下半身が弾む。

分からない。俺の頭の中は真っ白になっていた。

何としてもこの醜悪な行為はやめさせなければいけない。俺は両手をベッドに突き、身体を右に左にねじった。

渾身の力を込めると何かが弾け飛び、俺はベッドから転がり落ちた。身体を軽く固定していたベルトがちぎれたようだった。

肋《あばら》の下から延びる無数のチューブとコードに半ば宙づりになりながら、俺は匍匐《ほふく》前進のようにして床を這い進もうとした。

コードが、次々に音を立ててちぎれる。ビニールのチューブは弾力があり、俺の身体を引き戻そうとする。手を伸ばして引きちぎると、どろどろした白い液体が流れ出す。残ったチューブも俺は半狂乱になってすべてひっこ抜いた。飛び散る血液。透明の液体。すべてがどろどろと混じり合い、床に溢れた。

俺はびちゃびちゃと音を立て、ちぎれたチューブとコードを引きずりながらドアにたどり着き、手を上に伸ばしてノブを回した。

開くドアに引きずられるようにして廊下に出、左右を見る。耳を澄ますと、右手のドアから渚の喘ぎ声が漏れてきていることに気づいた。怒りとも絶望ともつかぬ思いに捕らわれる。

歯を食いしばりながら這いずり、そのドアにたどり着いた。右手で身体を支えながら左手でノブを回し、ドアを引き開ける。

渚の声が大きくなる。

俺は片手で身体を支えたまま、ベッドの上の渚を見た。よだれを流し、下半身だけの化け物を犯している渚。俺の女達とは違う、汚れのない天使だと思っていた渚。

「やめろ！　正気に戻れ！」

渚は動きを止め、目を大きく見開いて俺を見下ろしている。

やがて慌てふためいて俺の上から降りようとするが、腰が抜けているのかベッドから転げ落ちる。腰を使いすぎたのか、驚いたせいかは分からない。

俺はずるずると這い、渚に少しずつ近寄る。

「渚……渚……何でだよ……何でそんなことを……」

彼女はひいっと声を上げて尻餅をついたまま後ずさりし、ベッドにぶつかって立ち上がる。濡れそぼった長い陰毛から、粘液がぽたぽたと床に垂れる。

「な……ぎ……さ……」

力が、急速に抜けていく。身体を支えていることができずに、床にずるりと倒れ込んだ。

渚——？

見上げた目の隅で、渚が小さなスツールを持ち上げ、振り上げるのが見えた。

「な――」

ごすっと音がして、闇がすべてを包んだ。

＊　＊　＊

渚はしばらくその化け物を見下ろしたまま、立ちすくんでいた。チューブをひきずる血まみれの肉の塊。何度も振り下ろして壊れてしまったスツールが傍《かたわ》らに転がっている。

渚は振り向いて、愛する彼を見た。

もう少しで、もう少しでいきそうだったのに。今はもう、すっかり萎えて、またたらしなく伸びている。

渚は手を伸ばし、彼に優しく触れた。

大丈夫よ。あなたはこれからもずっと生きていけるの。あんな低級な上半身なんかなくたって、私があなたを生かし続けてあげる。

さっき以上の愛情を込めて彼に舌を這わせ、愛撫した。すぐに硬さを取り戻し、さっきの続きを――

反応しなかった。亀頭を舐め、袋の下に指を這わせても、いつもならあるはずの反応がない。暖かみも、脈もしっかりとある。機械が壊れているわけではない。

渚は両手で無理矢理に直立させ、必死でしごく。口一杯に頬張り、舌と歯で軽く刺激する。しかし手を離すとだらんと倒れてしまう。

「どうして――？」

彼女はゆっくりと振り向いて、血まみれの化け物を見下ろし、すべてを悟った。彼らは――繋がっていたのだ。

「……いやよ。いや。お願い。もうあなたなしでは生きていけないの。お願いよ」

彼女は彼に跨り、萎えた逸物を無理矢理自分の肉の中へ押し込もうと試みた。何度も、何度も。

不審な物音を聞いて駆けつけた警備員に発見された時には、既に彼女はまともに口を利くこともできない状態だった。

二重生活

1

「榛原《はいばら》……くん？」

ためらいがちに呼びかける声を背中に聞いたのは、行きつけのショットバーのカウンターで空になった水割りのグラスを見つめながら、もう帰るべきかどうかと思案している時だった。

振り向く前に声の主には見当がついていた。五年の時を経ても、忘れることなど考えられない声だった。しかし、彼女であるはずがない、別の誰かであってほしいという思いも、振り向く一瞬の間に頭をかすめた。

「……郁美《いくみ》」

間違いなく郁美だった。ほんの少し化粧が濃くなり、髪が伸びたように見えるものの、昔のままの姿で彼女は立っていた。白いカシミアのハーフコートには見憶えがあった。少ない給料をはたいてぼくがいつぞやのクリスマスにプレゼントしたものだ。ぼくは一瞬目《め》眩《まい》を覚えた。

「よかった。人違いだったらどうしようかと思った」

郁美はぼくの複雑な思いに気づかぬ様子で隣のスツールに滑り込み、五年の月日など存在しなかったかのように屈託のない笑顔を見せる。

ぼくは当惑して、カウンターに置いた彼女の手に視線を落とした。指環がない。ぼくは彼女が結婚したという話を噂で聞いただけで、実際に指環をこの目で見たわけではなかったのだが、左手の薬指に薄く残る跡が、その噂が間違いでなかったことを教えてくれていた。

自分で思うよりじっと見つめていたのだろう。ふと気づくと、彼女がその指環の跡を右手の指でさすりながらぼくを見ていた。

「……相変わらず目敏《めざと》いのね」

「えっ？　いや、別にそういうわけじゃ――」

いつの間に注文したのか、目の前に置かれたマティーニのオリーブをつまみ上げて口に入れながら、彼女はさばさばした口調で言った。「そう。離婚したの」

ぼくは何と答えてよいか分からなかったので、バーテンの視線を捉えてグラスを見せ、お代わりを注文することでごまかした。

「性格の不一致ってやつね。――雅彦《まさひこ》……榛原くんは？」

「雅彦でいいよ。……ぼくが何？」質問が分からないふりをして時間を稼いだ。

「……結婚、したの？」

何気ない質問に見せかけようとして失敗したような。どうでもいいようで、本当は知りたくてたまらないような。ぼくにはそんなふうに聞こえた。ただの考えすぎだろうか？

「ああ。去年、した」ぼくはまだ馴染《なじ》んでいない指環が見えるよう、指を開いて手の甲を彼女に向けた。ぼくは男は指環なんかしなくてもいいじゃないかと主張したのだったが、麗奈《れな》は――妻は、「絶対しなきゃ駄目」と譲らなかったのだ。

「……じゃ、まだまだ新婚気分ってとこ？」

からかい半分、自嘲《じちょう》半分の言葉に、またしてもぼくは口ごもった。離婚した昔の恋人を慰める適切な言葉なんて、あいにくぼくは持ち合わせていなかった。

それからどれほど飲んだのか分からない。ぼくは彼女の愚痴《ぐち》を聞き、ぼくはぼくで聞きようによってはのろけに聞こえるかも知れない麗奈の悪口を言った。

やがて昔のように名前で呼び合い、思い出話に花を咲かせ、昔のようにくつろいだ気分になった。そう、郁美には色々欠点があったが、気のおけない相手であることは確かだった。たった二年ほどのつきあい、それも五年も前のことだというのに、幼なじみのような軽口を叩き合っていた。店を出て飲み直そうと言ったのがどちらだったかは憶えていない。しかし、「あたし、今この近くに住んでるんだ」という彼女の言葉に、ぼくの酔いは一気に醒めていた。

郁美は五年も前にきっぱりと別れた女であり、ぼくには結婚して一年と少ししか経たない妻がいる。

今郁美の部屋へ行けば、酒を飲むだけでは済まないだろうことがはっきりぼくには分かっていた。

店の細い階段を上がり地上に出たとき、ぼくの腕は郁美の腰に回されていた。彼女は驚くほど小さな頭をぼくの肩に載せ、「昔みたいね」と一言だけ呟《つぶや》いた。

空には血のように赤い月が出ていた。

誰かが乱暴にぼくの身体を揺さぶっていた。

薄目を開けると、郁美が怒った様子でぼくを揺り起こそうとしている。

見慣れた天井、いつもの部屋――。

違う。郁美じゃない。麗奈だ。

「起きてってば！」麗奈がふくれっつらでダブルベッドの上にパジャマのまま正座している。

「……お……おはよう」

ぼくの挨拶《あいさつ》にも応えず、麗奈は詰問する。

「イクミって誰？　誰なの？」

一瞬バーにいたのを麗奈に見られたのかと思い慌《あわ》てたが、もう一度寝室を見渡して、すべては夢だったのだと気づいた。ヘッドボードに置いた時計は七時前を示している。そろそろ目覚ましの鳴る時刻だ。

「……郁美？　——そうか、夢か……」

ぼくはぽつりと漏らしていた。もしかすると安堵《あんど》と一緒に残念そうな響きも含まれていたかもしれない。

「夢？　誰の夢を見てたの？」

「昔つきあってた女の子」

あっさり言えば麗奈もいらぬやきもちはやかないだろうと思ったのだが、甘かった。彼女の目がすっと細められ、冷たい光を帯びるのに気づいた。顔は無表情になっていたが、これは本気で怒りだす兆しだ。

「あたしと一緒に寝てて他の女の夢見るなんてひどいじゃない」

じゃあ他の女と一緒に寝て君の夢を見るのは？　と突っ込みたくなったが、やめておいた。

「五年も前に別れた子だよ。すっかり忘れてたぐらいさ」

嘘ではない。ここ何年も郁美のことなど思い出しもしなかった。

「ふーん……どんな夢？」

口調は穏やかだが、一触即発のぴりぴりした雰囲気が漂っている。

「大した夢じゃないよ。酒場で偶然再会して、話をするだけさ」

本当か？　本当に話をしただけだっただろうか？　店を出てそれから——分からない。彼女の住まいまで行ったのかもしれないし、行く前に起こされたのだったかもしれない。いずれにしろただの夢である以上、少しくらい違っていたって大した問題はない。

「その人……どんな人？」

「どんなって……なあ。ただの夢だよ。どうしてこんな奴がって思うような昔の友達が出てくることだってあるだろ？　夢なんてそんなもんなんだよ。意味なんかないんだ」

麗奈は少しだけ、その唇に笑みを浮かべた。

「夢はもういいわ。——でもつきあってた人のことは、隠さないで教えて」

ぼくは観念して頷《うなず》いた。

「分かったよ。でも、会社から戻ってからでいいだろ？」

ちらりと時計を見ると、ちょうど目覚ましが鳴り出した。

「な？」

麗奈はしょうがないわね、というように頷き、ぽんと叩いて目覚ましを止めた。

その夜、久しぶりに夕食に間に合うように戻ると、麗奈の手料理を食べながら郁美とのことを包み隠さず話した。

前の会社で同期だったこと。男みたいな気性で、結構話が合い、いつの間にかそういう関係になっていたこと。しかし男と女としては長続きせず、次第にぎくしゃくして別れてしまったこと。転職した後、噂では郁美が結婚退職したという話を聞いたこと。

夢の中では彼女が離婚していたことは、黙っておいた。ぼくがそれを期待しているなどと勘ぐられそうな気がしたから。

「……写真は、ないの？」

あることは分かっていたが、自信のないふりをした。

「どうかな。多分どこかにあると思うけど」

「見せて」

有無を言わさぬその口調に、仕方なくぼくは腰を上げ、古いアルバムをぼくの〝書斎〟の押し入れから引っぱり出す羽目になった。わざと違う段ボール箱を開けたりもしてみせたが、麗奈は何もかもお見通しなんじゃないかという気もしていた。

「これかな？　――多分、この中に何枚かあると思うよ」

もちろんその中に郁美の写真はあるはずだった。何枚どころか何十枚も。

「どうして今まで見せてくれなかったの？　他のアルバムは全部見せてくれたじゃない」

麗奈は口を尖らせながら畳の上にぺたりと座り込んでアルバムをめくり始めた。

「別に隠してたわけじゃない。──奥に放り込んで忘れてただけだよ」奥にしまい込んで忘れようとしていただけじゃないのか？　心の中で誰かが言った。

「──この人？」

アルバムの二ページ目に貼ってあった郁美一人の写真を指して、麗奈は言った。ぼくは黙って頷いた。

麗奈はちょっと小首を傾《かし》げ、「ふーん。──きれいな人ね」と言った。

そう。それは認めざるをえない。その写真の郁美はとりわけきれいに撮れていて、彼女自身もお気に入りの一枚だった。

麗奈はじっくり品定めしながらページをめくっていく。ぼくは時折ツーショットの写真などが出てくるのをはらはらしながら見ていたが、麗奈は何も言わなかった。

「……それで、なんで別れたの？」

「性格の不一致」夢の中の郁美と同じ言葉を、ぼくは呟いていた。

「具体的には？」麗奈は追及の手を緩めなかった。

「思い出せないよ。何ていうか、きつい性格でさ。つまらないことでいつも喧嘩してたよ。

結局それで駄目になったんだろ。——麗奈みたいにさ、女らしいところがあんまりなかったんだよ」

ぼくは笑みを浮かべて麗奈の肩に腕を回し抱き寄せた。

「——お世辞言ってもごまかされないよーだ」麗奈は口を尖らせたが、心中まんざらでもないのは分かっていた。

「お世辞じゃないよ」

顎《あご》に手を添えて顔を上向かせると、唇を合わせた。

「やめて。まだ——」

言いつのる彼女の目を覗《のぞ》き込んで、ぼくは少し強い口調で言った。

「済んだことだよ。今は麗奈のことだけしか考えてない。——信じられないのか？」

彼女の瞳にほんの少し怯《おび》えた表情が浮かび、やがてゆっくりと首が横に振られた。

「ううん。信じてる」

ぼくがもう一度唇を重ねて舌を入れると彼女は瞼《まぶた》を閉じ、ようやくアルバムから手を放しぼくの背中に腕を回した。そのまま彼女を畳の上に押し倒すと、乱暴に服を脱がせる。

「……ここで？」という麗奈の言葉も無視して、貪るように交わった。

郁美が見ている。開いたままのアルバムの中から郁美がぼく達を見ている。

麗奈も同じことを考えていたのだろうか。郁美に見せつけるかのように、いつも以上に淫《みだ》らに、そして激しくよがり、何度も求めた。

ぼくは後ろから麗奈を激しく突きながら、アルバムの中の郁美の笑顔を見下ろし、考えていた。

——ぼくは夢の中で、郁美の部屋へ行ったのだろうか？

2

ふと気づくとぼく達はまた酒を飲んでいた。同じバー、同じカウンター、同じスツールで。

「来てくれたのね」郁美が言った。彼女の服装も、この前と変わりない。この前？　それは昨日のことなのか？　それとももっとずっと前なのか？

ぼくは黙っていた。ひどく混乱していたのだ。なぜまたこのバーに来ているのか？　なぜ郁美と？　不意に記憶の奔流がぼくを襲った。

郁美と再会した後、すぐ近くにある彼女のマンションへ行き、昔のように愛し合ったこと。そして、またここで会う約束をしたこと。

——これは夢だ。そうじゃないのか？

「もう来てくれないいんじゃないいかと思ってた」

「……なんで？」ぼくの声はかすれていたかもしれない。

「だって、もう可愛い奥さんがいるんでしょ？」

ぼくは頷くつもりだった。もちろんぼくは麗奈のことを愛している。

「――君ほどじゃないさ」

違う。そんなことを言うつもりじゃなかった。でも一旦言葉にしてしまうと、それが揺るぎない事実のようにも思われた。

郁美は美しかった。麗奈だって並みの女性と比べれば充分美人の部類に属すると思っていたが、郁美とは――とりわけ今の郁美とは比べものにならなかった。

ぼくはなぜこんな素敵な恋人をみすみす失うようなことになったのか、どうしても思い出せなかった。彼女もまたぼくと別れたことを心から後悔しているのが、言葉の端々、ぼくに向ける視線、さりげなく触れる指などから、ひしひしと伝わってきた。

ぼく達は当然のように店を出て、郁美のマンションへ行き、何度も愛し合った。五年のブランクを埋めるかのように。彼女を抱いた他の男の痕跡を拭《ぬぐ》い去るように。

しかし、ぼくはそれがすべて夢なのだと頭の隅で気づいていた。これはただの夢だ。別に浮気をしているわけじゃない。目が覚めればまた麗奈との平穏で幸せな生活が待っているのだ。

そう思うと、わずかにあった罪の意識も消え、ひとときの性夢を楽しんでも構わないじゃないかという気になった。

これは別に裏切りじゃない。夢にまで責任は持てない。

「素敵だ」ぼくは心から言った。

「ほんとにそう思ってるの？」郁美はいたずらっぽい笑みを浮かべて訊ねた。

「もちろん。君以上に素敵な女なんかいやしないよ」

「だったら——」郁美はためらうように言葉を切った。

「だったら？」

ぼくが促すと、郁美は謎めいた笑みを浮かべて言った。

「もう一度あたしと、やり直してみない？」

「えっ？

——何だって？」ぼくは聞き返した。

「だーかーら、今年のクリスマスはどうするのって聞いたの」麗奈はむくれた顔で言った。

ぼくはしばらくぽかんと口を開けて彼女の顔を見つめていた。間違いなく麗奈だ。郁美じゃない。これは夢の続きなのか？　それとも——

ぼくは麗奈と裸のままベッドの中にいた。パンツも穿いていないところを見ると、一戦を終えた後そのまま潜り込んだようだ。

「もう。さっきから上の空なんだから」

ぼくは頭がおかしくなりかけているのではないかと思い、背筋が寒くなるのを覚えた。手を伸ばし、麗奈の顔に触れる。

「——何？　どうしたの、突然」

指で彼女の顔をなぞる。夢じゃない。これは現実だ。夢なのは郁美の方だ。ぼくは郁美と再会してないし、もちろん麗奈を裏切って郁美のマンションへ行ったりもしていない。ぼくは麗奈を愛していて、郁美のことなど何の未練も感じていない。それが現実だ。それだけが唯一間違いのない現実なのだ。

「どうしたのよ、変な顔して」

問いかける麗奈を無視して、ぼくは彼女の身体を抱き寄せた。

「……まだ、するの？　さっきあんなにしたのに……」

「愛してる」

いつも言っている言葉だったが、心から言ったのは久しぶりだった。このところこんな言葉にはほとんど重みなどなく、彼女が喜ぶから言っていたにすぎない。でも今は、どうしても言わずにはおれない気分だった。

「……あたしも、雅彦のことを愛してる」

麗奈の体温と鼓動を全身で感じているうちに、得体の知れない恐怖は去り、やがて心地よい眠りに落ちた。

3

結婚して最初のクリスマスイブは、もちろん家で過ごした。彼女がそれを望んだからだ。麗奈が腕を揮《ふる》った手料理を食べ、ぼくが買ってきたケーキを食べ、それぞれが用意したプレゼントを交換した。

しかし今朝になって麗奈は、「今度は恋人同士みたいなクリスマスもいいわね」と言うのだった。外で待ち合わせ、ホテルのディナーを食べ、一晩そこに泊まるような、そんな絵に描いたようなデートをもう一度してみたいということらしい。

もちろん、十一月も終わりになった今から人気のホテルを予約するなんて不可能だ。でも一応当たってみることを約束させられた。

彼女のそんなわがままも、別に腹立たしくはない。むしろ可愛いとさえ思う。何しろぼく達は愛し合っているのだから。しかし、仕事をしている最中も、今晩また眠るときのことを考えると不安になった。

また郁美の夢を見るのだろうか。そしてぼくはまた誘惑に乗って彼女の部屋へ行き、麗奈のことを忘れて郁美を抱くのだろうか？

――本当はぼくはまだ、麗奈よりも郁美のことを愛しているのではないのか？

そんなはずはない。今でこそ腹立たしい思いはないが、別れてすぐの頃は二度と顔も見たくないと思っていたくらいだ。可愛さ余って憎さ百倍という言葉の通り、あの頃ぼくは郁美を憎んでさえいたかもしれない。

時が経って憎しみがやわらぎ、甘い思い出の方は美化されて残っている、そういうことはあるかもしれない。しかしそれは未練とは全然違うものだし、もちろん愛なんかであるはずがない。

――ではなぜ続けてあんな夢を見るのか？

分からない。夢のメカニズムは本当のところ、お偉い精神科医にだってまだ分かってはいないと聞く。もちろん神経症の原因がそれで突き止められることだってあるのかもしれないが、何の意味もないケースの方がその何倍も多いに違いない。気にすることはない。たとえまた今晩郁美の夢を見たとしても、意味なんかない。何の意味もないんだ――

「もう一度あたしとやり直してみない、って言ったの」

「……どういう意味だよ。ぼくは結婚したんだ。分かってるだろ。昔には戻れないよ」

ぼくは手にしていた煙草をくわえ、吸った。とうにやめたはずの煙草の煙は、何の抵抗もなく肺の奥深くへ潜り込んでいく。

郁美はその煙草をぼくの手からすっと取り上げると、一口吸って返した。

そういえば彼女はぼく以上のヘビースモーカーだった。

「離婚は結婚よりずっと簡単よ。式だって挙げなくていいしね。役所に紙切れ一枚出せばそれでいいんだから」

ぼくは首を振ったが、少しだけ——ほんの少しだけ心を動かされた。

郁美との結婚。それはかつて少なくとも一度は心から望んだことだったはずだ。

「手続きの問題じゃないだろ。両方が別れたいんなら簡単だけど、そうじゃない時はどうするんだよ」

郁美は唇に笑みを浮かべたが、その目は少しも笑っていなかった。

「——あたし離婚したって言ったでしょ？　あれ、嘘なの」

「嘘？　じゃあ……じゃあ……」ぼくは人妻と寝たのか、と言いそうになった。しかし考えてみればぼくも結婚しているのだし、どのみちこれはすべて夢の中のできごとのはずだった。慌てることはない。

「事故で死んだのよ。別れたんじゃなくて」

「事故……」

一体郁美が何を言おうとしているのか、すぐには分からなかった。その意味するところに気づいたとき、はっきりと血の気が引くのを覚えた。夢の中だというのに。

「どんな……どんな事故だ？」

「べろべろに酔って帰宅して、マンションの階段を転げ落ちたのよ。みっともなくって友達にも説明できなかったわ」

ぼくの脳裡《のうり》には踊り場で血を流して倒れている男を、階段の上から見下ろす郁美の姿が浮かんだ。

郁美はころころと楽しそうな笑い声をあげる。

「いやだ、雅彦。変なこと考えないでよ。あたしの場合は純粋に事故。あたしの場合は、ね」

それはつまりぼくの場合は純粋な事故でなくてもいい――そういう意味なのか？

「あたしのこと、愛してるんでしょ？　それともちょっと魔がさしただけ？」

そうだ、魔がさしただけだ、いや落ち込んでいる君を慰めようとしただけだ――ぼくはそう答えようとした。しかし実際に口から出た言葉は正反対のものだった。

「もちろん、愛してる。もう一度君と一緒になるためなら何だってするよ」

驚いたことにその言葉は、ぼくの耳にさえ心からのもののように聞こえた。

『違う！　ぼくは麗奈と別れるつもりなんかない！』

叫ぼうとしても、唇を動かすことさえできなかった。

夢なのだ。ただの悪夢を見ているだけなのだ。だから恐れることはない。やがてぼくは目を覚ます。そして傍《かたわ》らで安らかに眠る麗奈を見つけるだろう。

「お願い。あたしのことを愛してるんなら――

ぼくは何かを喚《わめ》きながら飛び起きた。

パジャマがぐっしょりと汗で濡れていて、心臓は飛び跳ねそうな勢いで激しい鼓動を打っていた。

ぼく達の寝室、ぼく達のベッド。驚いたように口を開けてぼくを見つめている麗奈。カーテンの隙間からは暗い空が覗いていて、まだ夜明け前であることを教えてくれた。

「……ど、どうしたの、一体？　何？」

ぼくはじっと麗奈を見返した。麗奈だ。間違いない。麗奈だ。やはりあれは夢だ。ただの夢なんだ。何の意味もない。意味なんかあるはずがない。

突然麗奈がぷっと噴き出し、やがて腹を抱えて笑い出した。

「怖い夢を見たとかいうんじゃないでしょうね？　……どうしたの？　ジェイソンに追いかけられる夢でも見た？」

「……あ、ああ。そんな感じだったかな。よく憶えてないけど……怖かった」

ぼくははっきりと夢の一部始終を憶えていたが、麗奈に話すつもりはなかった。こんなおぞましい話を彼女に聞かせられるわけがない。

「よしよし。ママがいるからね。もう怖くないでちゅよ」

麗奈はまだくすくすと笑いながらぼくの頭を抱き寄せる。ぼくは一瞬腹を立てかけたが、すぐにその心地よさに身も心も委ね、彼女の胸の谷間に顔を埋めた。

「……落ち着いた？」

聖母のような声が頭上で優しく響く。ぼくの荒い呼吸や鼓動も、ゆっくりと静まってゆく。

「麗奈――」

ぼくは続く言葉を呑み込んだ。

――助けてくれ、麗奈。ぼくはどうかなってしまいそうだ。

駄目だ。彼女を不安に陥れたくはない。

「あたしの雅彦ちゃん」

そうだ。恐れる必要などどこにもない。夢を見ている時でさえ、ぼくはあれを夢だと分かっていた。傍観者でいればいいのだ。ドラマを見るようなつもりで。何も気にする必要はない。たとえ夢の中でぼくと郁美がどんなに邪悪な計画を立てようと、そしてそれを実行しようと、現実のぼくや麗奈には何の害もない。

4

「変な死に方をしたら真っ先に疑われるのはぼくじゃないか」ぼくが言った。

「馬鹿ね。あなたには動機がないでしょ？」と郁美。

ああ、またしてもここは郁美の部屋だ――

「だってもし君の存在がばれたら――」言いかけてそんな可能性がないことに気づいた。何しろこれは夢の中なのだ。夢の中の浮気を見つけることなど誰にもできはしない。いやそれとも、もしぼくが夢の中で麗奈を殺したら、夢の中の警察がぼくを逮捕するのだろうか？　そして夢を見るたびぼくは監獄で目覚める？

ジョークだ。しかし笑えないジョークだ。

「そうよ。警察があたしの存在に気づくことなんてないの。だからあなたは悲嘆に暮れる夫を演じていればいいのよ」

分からない。ぼくが殺すのは、夢の中の麗奈なのか、それとも現実の麗奈なのか。夢の中のぼくは麗奈よりも郁美に惹かれているようだが、目覚めているときには郁美などぼくの前に存在しないことをはっきり知っている。現実の麗奈を現実のぼくが殺すことなどあり得ない。

つまり麗奈は安全だということだ。

そこまで考えて、恐ろしい可能性に気づいた。

眠ったままのぼくが、夢遊病のように動いて麗奈を殺したらどうなる？　そしてぼくは麗奈の死体の横で目を覚ます——。

そんなことがあってはならない。断じてあってはならない。

「具体的な方法は？」ぼくが勝手に喋り続けている。

駄目だ。何としても止めなければ。主導権を取り戻すのだ。

『麗奈には指一本触れさせない』ぼくは必死で念じ、それを言葉にしようと試みた。しかし夢の中の肉体は相変わらず勝手な計画を練り続ける。

「やっぱり、マンションの階段から突き落とすのか？」

「やあね。まるであたしがそうしたみたいな言い方。——でも駄目よ。あなたの麗奈が大酒飲みでもないかぎりはね」

「そりゃそうだ。じゃあ、交通事故か？」

「うまくやれば、できないことはないでしょうね。たとえば？」

ぼくは首をひねって考えている。考えるな！　そんなことを考えるな！

「車のブレーキに細工をする」

「駄目よ。田舎の峠道を走るわけじゃあるまいし。所詮、街なかでしょ？　事故は起こすでしょうけど、死ぬ確率は低いわ」

夢遊状態で果たしてそんな複雑なことができるのだろうか。それともやはりこの二人はあくまでも夢の中だけでの殺人を計画しているのか？

突然ぼくがぱっと顔を輝かせた。ぼくにはなぜかそれがはっきりと見えた。

「そうだ。結婚したての頃、カビ取り用の洗剤をぼくが買ってきたことがあったんだ。ところがそれは、その頃ニュースにもなってた塩素系の洗剤で、別の洗剤と混ぜると強烈な毒性を発揮するらしくて、実際死人も出たやつだったんだ。で、麗奈が捨てようとしたんだけど——」

ぼくは戦慄《せんりつ》した。それは本当のことだった。そしてその洗剤は——

「他のゴミと一緒に捨てるのもまずいんじゃないかってことで、結局、洗面所の棚の奥にしまって今でもおいてあるんだよ」

そうだ。ぼくはそれがどこにあるか正確に知っていた。目をつぶっていても見つけられるほど。

郁美は徐々に理解したらしく、ゆっくりとその顔に笑みが拡がる。恐ろしいことにその笑みは痺れるほどに魅力的だった。

「なるほど。お風呂で二つの洗剤を混ぜて、あなたの麗奈を閉じこめる——いや、違うわね。それだと死なないかもしれない。密閉されてるわけじゃないし。ビニール袋を使った方がいいわ。ゴミ出し用の大きなビニール袋の中に洗剤を入れて、そこに頭を突っ込ませるのよ。後でその中身を風呂にまいて、彼女を転がしておく。完璧ね」

それだけだ——。

麗奈は少し不注意で運の悪い主婦として、また少しニュースになるかもしれない。だが断じてそんなことを許すわけにはいかない。麗奈。ぼくの麗奈。彼女をそんな目に遭わせるわけにはいかない。

「お前が……お前が死ね！」

考えるより先に言葉が出ていた。ぼくはぼくに同化して、完全に内側から世界を見ていた。

ぽかんとした郁美の顔。

「え？」

「ぼくが愛してるのは麗奈だ。お前は亡霊だ。消えてなくなれ！」ぼくは喚いた。身体のコントロールが戻ってくるのを感じていた。

「何言ってるのよ、あんなに愛し合ったじゃない。さっきも、昨日も、その前も——。麗奈にはもううんざりだって——」

「黙れ！　まやかしだ。こんなのはまやかしじゃないか！」

ぼくは裸の郁美にまたがり、その細い首に手を回した。

「消えろ。消えろ！」

両の親指に体重をかけるとぐにゃりと軟骨のつぶれる手応えがあり、郁美の舌は貝の足のように外へ飛び出した。

「やめ……やめて……ぐえっ……うえっ……」

さらに力を入れると、ぼきりと骨の折れる音がはっきりと聞こえた。郁美の顔が石像に変わる。砂岩でできた石像だ。その顔にひびが入り、やがてさらさらと崩れ出す。郁美の部屋が、ぐにゃりと変形して溶けた。

夢が、消える。郁美も郁美の部屋も消えてなくなる。

郁美の石像は完全にさらさらの砂と化し、やがて一陣の風が吹いて——


「……もう一度初めから聞く。お前の名前は？」背広を着た男が訊ねた。

「榛原雅彦」ぼくは答えた。

「この女性を殺したことは認めるんだな？」

「ええ」

「なぜ殺した？」

「ぼくの妻を殺そうと計画していたからです」

男は困ったように頭を掻いた。

「彼女がお前の奥さんだろう？　お前が否定するからこの階の住人に軒並み身元確認してもらったが、全員榛原麗奈だと断言したぞ」

「彼女は今野《こんの》郁美といって、昔つきあっていたことのある女性です。ぼくが言うんだから間違いありません。あんな顔になってしまった後では、近所の人の証言なんてあてになりませんよ。ぼくなら身体でわかります」

「じゃあこの結婚指環は何なんだ。内側には『ＲＥＮＡ』と彫ってあるし、お前のと同じものじゃないか」

ぼくは肩をすくめた。

「じゃあ麗奈の指環を盗んではめていたんでしょう。──ねえ、いいじゃありませんか。殺したことは認めています。その殺したぼくが郁美だと言ってるんだから郁美に間違いないでしょう」

男はぼくをじっと見つめ、やがて大きなため息をついた。

「じゃあ聞くがな。これが今野郁美とかいう女だとしたら──榛原麗奈はどこに行っちまったんだ？」

ぼくは驚いた。この男はよほどの粗忽者《そこつもの》らしい。

「麗奈はさっきからここにいますよ。──ずっとここに」

ぼくは麗奈に微笑みかけた。ぼくの、ぼくだけの麗奈に。

解　題

（編集部註・この文章は単行本『小説たけまる増刊号』のものを再録いたしました。）

この「ホラー特集」と銘打たれた七編の短編はどれも「小説すばる」に書いたもので、実は隠しテーマというものがあるシリーズでした。本来はこのシリーズを書き続けて一冊分にするつもりだったのだけど、どうにもこうにもネタに困るようになり、この七編で打ち切りにさせてもらいました。七編もあれば普通は一冊できるものなのに、どれもこれも三十枚から四十枚と短く、とても一冊にはならない。といって他の短編と一緒にするのもスタイルが統一されず気持ち悪い。どうせぐちゃぐちゃにするのなら、いっそのこと雑誌にしてしまえ――というわけでこの『小説たけまる増刊号』ができあがったのだから、人間万事塞翁が馬とでもいうべきでしょうか。

それはともかく、この七編についてだけは自己解説の必要があると思うので、以下その「隠しテーマ」について述べていこうと思います。できれば七編すべてを読了後に読んでください。

「猫恐怖症」

この「○○ホラーシリーズ」の記念すべき一作目。というか何も考えずこの作品を書いた後で、落語にはシリアスに描けばホラーになりそうなネタが他にいくつもありそうだ、と思ったことが本シリーズの出発点。そう、「○○」ってのは「落語」ですね。

この作品自体についてはおそらく解説の必要はないでしょうが、もちろん元ネタは「饅頭こわい」です。無理して書いたわけではないだけに、落語のサゲとホラーとしてのそれが一致している分、一番まとまりがあると思う。

猫を飼いだしてまだそれほど経っていない頃で、小説のネタにでもしなきゃ餌代がもったいない、と思ったのがそもそもの執筆動機。

「春爛漫」

隠しテーマが落語だと知らなくても、落語好きならすぐ「頭山」だと見当がつくことでしょう。「頭山」には古典落語屈指のシュールなサゲがあって（途中もシュールだけどさ）、それを何とか生かそうとして結局使えなかったのが、今でも悔しい。

「芋羊羹」

この辺からすでに苦しくなってきたせいか、ネタが分かりにくいかもしれない。「もうらいの違い。

半分」という噺です。プロットはほとんど同じ。落語では殺人ではなくて自殺だというぐ

「再会」

落語には幽霊譚は多いから、ホラーにしやすいだろうと思ったのだが、最初からホラーになっている落語ではアレンジしてもつまらないような気がして、かえって避けてしまうことが多い。これは江戸落語では「野ざらし」、上方では「骨釣《こつ》り」と呼ばれる噺。やもめが偶然見つけた白骨を供養したら、美人の幽霊がお礼に来たんでそのまま嫁にもらう。飯は食わないわ大人しいわと大喜びしていると、隣の奴がこぶとり爺さんよろしくまた同じ場所に骨が落ちてないか探しに行くわけです。うまい具合に骨が見つかっておざなりに供養し、わくわくしながら待っていると、その晩侍の幽霊がやってきて「しまった、馬の骨だったか」。

生きてるのは前半だけですね。

何をとち狂ったのかエッチシーンに結構気合いが入っている。

「青い花嫁」

この辺になるともう自分でも「何だっけ、これ？」って感じ。「厩火事」という噺なん

ですが、分かんないよね。大体元ネタも聴いたことなくて、何かネタないかなって本をひっくり返して調べて無理矢理こじつけて書いた作品。しかもホラーになっていない。

「嫉妬」

前作があまりにこじつけだったので少し反省して、最初からいつか使おうと思っていた「胴切り」を投入。「春爛漫」に続くハイテクホラー路線とでも言いましょうか。

ぼくが記憶していたこの噺のサゲは「あんまりお茶を飲まないでくれと『脚』が言ってます」「なんでだ」「こうたびたび厠に行ってちゃ仕事にならねえ」という感じだったはず。で、「じゃオシッコじゃない使い道でいこう」と思ったのだが、先日別バージョンのを聴いてびっくり。「あんまり女湯の方を見ないでくれ。前が膨らんで仕方ない」というサゲ。上半身の仕事場が番台ってのは共通なので、見事にしっくりくる。もしかするとぼくが昔聴いたのは、「子供向けバージョン」だったのかもしれない。

これはネタがネタだからしょうがないのだけど、「再会」並みにエッチ。

「二重生活」

またしても分かりにくいネタ。小さな声で言いますが……一応「夢の酒」です。ま、一応夢の中で女と酒飲むし……許して。当然サゲも何も関係なし。

しかしこれもホラーというよりミステリですね。

いかがでしょうか。って言われても困るよね。呆れている人も多いことでしょう。「猫の茶碗」とか「らくだ」とかアレンジできそうで断念したものも多いので、「落語ホラー」じゃなくて「落語ミステリ」ならまだできるかも、とかちょっと思ってたりします。「そんな馬鹿なことやってないで普通に書け」とか「もっと読んでみたい」とか読者のご意見お待ちしています。

患者

1

開放病棟の娯楽室では、十数人の患者達がそれぞれテレビを見たり本を読んだりして、思い思いにくつろいでいる。

もちろんここにいるのは比較的軽度な患者ばかりで、暴力をふるったり暴れたりすることはまったくといってよいほどないのだが、屈強な看護士達は部屋の四隅に座って常に彼らを監視している。

私は自分の担当でもある柳田《やなぎだ》という中年の患者が分厚い本を開いてノートをとっているところにぶらぶらと歩み寄り、手元を覗《のぞ》き込んだ。分厚い本は六法全書だった。

彼は私を見上げると嬉しそうに笑い、口を開いた。

「ああ、北山《きたやま》先生。おはようございます」

「おはようございます。――法律の勉強ですか」

私は決して皮肉に聞こえないよう、心からの賛嘆を込めて言った。

「え？ ああ、これですか。せっかく暇がたくさんあるもんですから、司法試験の勉強でもしようかと思い立ちまして」

彼が開いたノートには、顕微鏡でもなければ読めないほど小さな文字がびっしりと書かれていて、それはどうやら六法全書を一ページ目から丁寧に写し取ったもののようだった。

私は大きく頷《うなず》いて彼の肩を叩いた。

「それは素晴らしいですね。頑張ってください」

時間はたっぷりありますからね、という言葉は胸の奥にしまっておいた。柳田はもう五年以上この病院で治療を受けているものの、一向に回復の兆しはないようで、私の見るところ彼が社会復帰できる可能性はほとんどなかった。彼は、周りの人間達の中にたくさんのニセモノ――彼はそれを〝人間もどき〟と呼んでいたが――が混じっているという強力な妄想を抱いていて、この妄想が消えない限りとても普通の社会生活が営めるような状態ではなかったからだ。

『業務連絡、業務連絡。北山先生、北山先生、おられましたら第一モニター室までおいでください』

第一モニター室。それは閉鎖病棟で、特に観察の必要があると認められた患者の部屋に取り付けられたカメラをモニターするための部屋だ。私はこの病院へ来てずっと開放病棟の患者を担当しているため、正確な場所さえ知らない。しかし閉鎖病棟にたどり着いて誰かに尋ねれば分かるだろう。

私はもう一度励ますように柳田の肩を叩くと、娯楽室を出て閉鎖病棟へ向かう黄色いラインを辿った。

開放病棟と閉鎖病棟は五階でのみ繋がれているので、一旦エレベーターに乗って五階へ上がる。

エレベーターを降りて左へ折れると、一見防火扉のように見えるスチールの扉があり、『これより閉鎖病棟　関係者以外立ち入り禁止』と書かれている。

扉の右脇に取り付けられたボックスを開いて中のボタンを押し、しばし待つ。扉の上のカメラをちらりと見上げると同時に、カチリと音がしてロックがはずされたことを知った。

私は扉を押し開けて渡り廊下に入ると、背後のドアがきっちりと閉まるのを確認した。数メートル先の閉鎖病棟入り口の扉が開き、宮崎《みやざき》医師が顔を覗かせた。四十前だというのに頭よりも顎《あご》の方に毛の多い小男だった。吊しの安っぽい背広がよく似合っている。他のこの種の病院の中には医師が白衣を着ているところもあるが、ここは基本的に全員私服、それもなるべく堅苦しくないものがよいとされていた。

宮崎は黙ったまま微笑《ほほえ》み、私が通り抜けるまでドアを支えていてくれた。

「さっ、こっちです」

ドアが閉まって再びロックされる音を確認すると、宮崎は先に立って歩き出し、エレベーターに乗った。彼が押したボタンはB２。

「……私を呼ばれたのは……」

「ええ。ぼくです。先生にも見ていただきたい患者がおりまして」

「はあ……どういう患者でしょう」

私の当然の質問に、宮崎は笑いながら首を振り、「いやいや。それはまずご自分の目で確かめてみてください。きっと興味をもたれますよ」

私をその患者の担当にしようというつもりなのだろうか。しかしすぐ、おそらくそこまではっきりした考えではないだろうと結論した。この病院では古株になるらしい宮崎は、日の浅い私に何かと話しかけ、少しでも早くここに馴染《なじ》むようにと努力してくれている様子だったからだ。これもその一環に違いないと、私は深く考えないことにした。

ケージが開くと宮崎は右手へ進み、一番最初に目についたドアを開いた。ドアの上には確かに『第一モニター室』と白いプラスチック板に表示がある。

「どうぞ、入ってください」

宮崎はドアを開いたまま私に先に入るよう促したので、頷いて足を踏み入れる。

長方形の長い一辺に沿ってカラーモニターが縦に二台、横に四台で合計八台並んでおり、その前はちょっとしたコンソール状になっている。編集などもするのだろう、テレビ局の一室といっても通用しそうな設備だった。申し訳程度に背もたれのついた丸椅子が四つ並んでいて、知らない男性が一人腰掛けている。

「彼はAV技師の浅野《あさの》君です。——さっ、そろそろ始まりますんで適当に腰掛けて見ていてください」

宮崎は私に続いて入るとドアを閉め、空いた椅子を示しながら自分も素早く腰を下ろした。私は若干戸惑いながらも端の椅子を引き、遠慮がちにそっと尻を載せ、宮崎にならってモニターに視線を移した。

2

八つのモニターには同じ部屋が映っているようだった。閉鎖病棟の病室の一つなのだろうか。だとすると相当金持ちで、しかも比較的安定している患者なのだろう、リクライニングソファにデスク、そして時として凶器にもなりかねない筆記具まで与えられているようだった。

その男性患者はデスクに向かい、何かをしたためていたが、残念ながら八つのモニターのどれを見てもその字までは読みとれなかった。

症状は軽度と思われるのに閉鎖病棟にいるのにはどんなわけがあるのだろう、と考えたとき、モニターの一つに映っていたドアが開き、三十過ぎと思われる女が風のように入ってきた。

セルフレームの眼鏡をかけグレイのスーツを着込んだ、なかなか魅力的な女性だった。ここの医師は一応全員紹介されたはずだが、見覚えのない顔だ。外部の医師を呼んだのだろうかと私は訝《いぶか》しんだ。

書き物をしていた男は顔を上げ、女が口を開くよりも早く声をかけた。

『ああ、よくいらしてくれました。――気分はいかがですか？　見たところ顔色がいいようですが』

『えっ？　ええ……悪くはありません』

『そうですか。それはよかった。退院も近いかもしれませんね』

『……だといいんですが』

二人のやり取りに私は自分の観察が完全に間違っていたらしいことを知った。モニターされていたのは患者の部屋ではなく医師の部屋で、医師と見えた女は患者に過ぎなかったのだ。

私は慌《あわ》てて男の顔に目を凝《こ》らしたが、やはりこちらの顔にも見覚えはなかった。

『どうぞそのソファに腰掛けてください』

男はそう言って女にデスクを挟んで置かれたリクライニングソファを勧める。女はぎこちない笑みを浮かべながらそっとソファに腰を下ろしたが、背中は預けなかった。手にしていた黒いファイルフォルダーのようなものをぴったりと揃えた膝に載せて背筋を伸ばす。

『どうぞ、もっとリラックスしてください。ご自分の部屋にいるときのように』

『……気を遣《つか》っていただかなくて結構です』

女が冷たく言い放つと男は顔の前で手を組んで、優しいまなざしでじっと彼女を見つめる。

『……何を恐れているんです？』

『私は何も恐れてなんかいません』

怒ったように言う女。

『いやいや。私に嘘を言ってはいけない。正直にお話しなさい』

しばしの沈黙が訪れた。二人は探るような視線を絡ませ合った。

ため息と共に沈黙を破ったのは女の方だった。

『……分かりました。順を追ってお話ししましょう。私には患──ある友人がいるのです』

『友人？』

『ええ。友人です。──その友人は、ちょっとした心の病で神経科に入院していたんですが、症状がよくなるどころかますます悪化させてしまったのです』

『……それが、あなたの問題と何か関係が？』

男は口を挟んだが、私ならここは黙って先を促すべき場面だと思った。

幸い、女は話の腰を折られたことを気にしていない様子で頷き、先を続けた。

『――その友人はいつの間にか自分のことを患者ではなく、医師だと思い込むようになったのです』

『ほう？　それで？』

男はぴくぴくと眉毛を動かす。

『私たちは何とかそういった妄想を取り除こうと考えましたが、彼は逆に私たちこそが自分を医師だと思い込んでいる患者なのだとさえ信じるようになってしまい、手がつけられなくなりました』

『……私たち？』

男が聞き返すと、女は初めてにこりと微笑んだ。

『言いませんでしたか？　私は精神病院につとめている医師なんです。……私も、と言った方がいいのでしょうか？』

『あなたが？　医師ですって？　……なるほど』

男は少し驚いた様子で、ペンを取り上げると手元の紙にさらさらと何かを書き付けた。

『……それで、そのお友達はどうなったんです？』

『閉鎖病棟に移されることになりました。他の患者達に悪影響を及ぼす可能性があると判断したためです』

『なるほど。当然の処置でしょうな』

『彼は広い部屋をあてがわれ――』

『彼？　お友達は男性なんですか？』

男は少し驚いた様子で聞き返す。

『ええ。そう言いませんでしたか？　――彼は広い部屋をあてがわれ、気長に治療をしていこうということになりましたが、かえってそれがよくなかったようです。森田療法的なアプローチを試みていたんですが……立派な机とリクライニングソファを備えたその部屋を、彼は自分の診察室だと思うようになってしまったんです』

女は言い、何気ない様子で室内にぐるりと視線を巡らせた。私は慌てていくつものモニターに目を走らせたが、そこが診察室であるのか病室であるのかを判断できるようなものは何も見いだせなかった。

一瞬、男は虚をつかれたようだったが、すぐに元の穏和な表情を取り戻して言った。

『……なるほど。珍しいケースですね』

『ええ。私の知る限り似たようなケースは他にありません。彼は非常に高い知能と、どこで憶えたのか、ある程度精神分析などの専門知識も持っていて、その妄想は日を追うごとに強固なものになってゆくのです』

『……あなたはそういう患者を抱えている、精神科の医師だとおっしゃるわけですね』

『そうです。――私の抱えている問題が分かっていただけましたか？』

『ええ、ええ。分かります。非常によく分かりますよ』

男は再び手元の紙に素早く何かを書いた。

『……カルテを書いてらっしゃるのですか？』

『え……ええ、まあ、そのようなものです』

『私を患者だと思ってらっしゃるわけじゃないですよね？』

『いえ、そんな……単なるメモですよ』

『そうですか。ならいいんですが……彼も私たち全員のカルテを作りたがっていたものです。――あら、フェルトペンをお使いなんですね』

女が言うと、男は手を止めて自分の筆記具をまじまじと見つめる。モニターでは分からないが、彼女の指摘は当たっていたのだろう。私はその意味するところを考え、一瞬寒気を感じた。

『気に入ってるんですよ。それが何か？』

男はすぐに答えたが、少し慌てたような口調だった。

『フェルトペンなら患者に持たせてもさほどの危険はないですからね。私たちも筆記具を欲しがる患者にはフェルトペンを与えることにしています』

『それはそうでしょうが……医師の方もフェルトペンを使うべきだとは思われませんか？　たとえば今この場であなたがこれを奪い取ったとしても、凶器にはしにくいでしょうからね』

息詰まるような沈黙が流れた。

私は混乱していた。一体ここでは何が行われようとしているのか。この二人のどちらが患者でどちらが医師なのか。——それとももしかしたら、二人とも狂っているとか……？　まさか、そんなはずはない。

重苦しい空気を押しのけるような明るい声で、男は再び口を開いた。

『ところであなたが膝に載せているそれは、一体何ですか？　さっきから気になっていたんですが』

女は膝のフォルダーを軽く持ち上げて示す。

『これですか？　これはもちろん、カルテと詳細な記録です。さっきお話しした患者の』

『その……あー、差し支えなければ、見せていただけませんか？』

『もちろん、そのために持参したんです。あなたに見ていただくために』

彼女は立ち上がり、フォルダーを男に向かって差し出した。

男は少したためらいを見せた後で手を伸ばしてフォルダーを受け取ったが、すぐには開かなかった。

『どうしました、先生？　怖いんですか？』

女がからかうような口調で言う。

『怖いわけなどないでしょう』

男は言って、フォルダーを開いた。

3

「宮崎先生。一体これは何なんです。彼らのどちらが患者なんです？　……いや、そもそも彼らのどちらかは本当に医師なんですか？」

私は緊張に耐えきれず、囁《ささや》き声で話しかけた。宮崎はちらりと振り向いてすぐに視線をモニターに戻し、言った。

「――お分かりになりませんか？　簡単明瞭だと思うんですが……とにかくもう少し様子を見ましょう。これから多分もっと面白くなると思いますよ」

「面白くなるって先生――」

モニターの中の二人が会話を始め、宮崎医師が指を口に当てたので、私は仕方なく口を閉じた。

『……名前がないようですが』

『それはもちろん、プライバシー保護のためです』

『なるほど。男性、年齢は四十五歳……ですか』

男はその後しばらく黙って書類をめくっていたが、やがてばたりとフォルダーを閉じると女に視線を戻して言った。

『……これを読む限り、分裂病の妄想とは思えませんね。妄想は強固で一貫性があり、行動、言動は秩序立っている。——可能性としては二つでしょう』

『と言うと？』

面白がっているような口調で女は聞き返した。

『解離ヒステリーによる人格変換か……パラノイア』

男が答えると女は一瞬絶句したように見えた。彼に診断が下せるなどとは思っていなかったのだろう。

『妥当な……診断ですね』

『そりゃどうも』

男はおどけたように軽く頭を下げる。

『それで……そのどちらだと思われます？』

『恐らく、解離ヒステリーによる人格変換。あるいは多重人格と言うべきでしょうか』

『なるほど。では一体、どのような処置をあなたなら施します？』

『そう……あなた方がやったように、まずは隔離、そして段階を踏んで作業療法というところですかね。残念ながら症状は悪化しているようですが、これ以上手の施しようもないでしょう』

女はしばらく男を見つめていたが、やがて喉の奥で抑えた笑い声を上げた。

『何がおかしいんです』

『付け焼き刃にぼろが出たようね』

『……何ですって？』

『解離ヒステリーに作業療法を行うなんて、常識では考えられないわ。パラノイアならともかくね。私たちは彼を――いいえ、あなたを、パラノイアだと診断したのよ。だからこそ作業療法を試みた。今のところ効果は現れていないけれど、診断は間違っていないはずよ』

彼女の言うとおり、男の知識は間違っている。ではやはりこの男こそが、患者だったのだ――。

男は必死で言葉を探しているようだった。妄想のほころびを彼は今懸命につくろおうとしているのに違いない。これまでの経緯からすると相当強固なパラノイアらしいから、この程度のことで消え去る妄想とも思えないが、果たしてどうなるのか。

『……やめたやめた』

男の口調が突然変化した。それまで丁寧で紳士的だったものがなげやりになり、態度さえもどこか下品なものになっていた。女はその変化にぽかんと口を開け、言葉を失っているように見えた。

『もう充分だ。お芝居は終わりにするよ』

『……お芝居？　何言ってるの』

男はにやりと笑う。

『芝居だよ。これまでのは全部芝居なんだよ』

女はわけが分からない様子でゆっくりと首を振る。

『芝居って……何が芝居だと言うの』

『もちろん、医者の振りをしてたことがだよ。いや、違うな。自分を医者だと思ってる患者の振りをしてたことだ。――俺は、フリーのジャーナリストなんだ』

私は驚いて宮崎を見やったが、食い入るようにモニター画面を見つめているその横顔からは、何の感情も読みとれなかった。

しかし、モニターの中の女のショックは凄まじいものがあった。口をぱくぱくと開け、胸を大きく波打たせて必死で呼吸をしている。

『ジャ……ジャーナリスト、ですって？　嘘よ！』

『嘘なもんか。俺はこの病院の閉鎖病棟の中でどんなことが行われてるかをレポートしようと思ってね、それで病気をでっちあげて潜入したってわけだ。あんた達をどこまでだませるかってのも重要なポイントだったわけだが、そっちはしごく簡単だったよ。誰一人疑いもしない』

『そんなはずないわ……私達をみんな……だましてたですって？　ありえないことよ』

『おやおや。ありえないって？　専門家のあんたならローゼンハムの実験ってのを知ってるんじゃないのかね？　〝健康〟なニセ患者をアメリカのいろんな精神病院に送り込んだというあの実験だよ』

　確かにローゼンハム教授の実験は有名なエピソードだ。幻聴が聴こえるなどと言って入院し、その後はずっと普通にふるまっていたにもかかわらず、医師達はニセ患者を分裂病患者として扱い続けたというのだ。このことは、精神病診断の難しさ、そして医師達の先入観がどれほど診断に影響するかを如実に表している。

　まして、この男のように入院してからもあの手この手で医師をだまそうと考えたら、我々は恐らく手もなくだまされることだろう。犯罪者の精神鑑定でもない限り、健常者が病気を装っている可能性など考えないからだ。

　男は椅子に深々ともたれ、楽しげに頭の後ろで手を組んだ。

『さ、分かったろ。分かったら茶番は終わりにしよう』

『……待って。あなたの入院時に、職業は会社員となっていて上司の人とも話をしたわ。アパレル関係か何かだった。はっきりした記憶はないけど、新聞やテレビとは無縁の会社だったのは間違いないわ』

『だからそれは、知り合いに頼んで嘘をついてもらっただけだよ。――今さら俺が嘘をついたってしょうがないだろう？』

『こういうことも考えられるわ――』

女はじっと男を観察しながら、ゆっくりと言った。

『こういうことって？』

『――あなたは、パラノイアではなかった』

『だから違うって言ってるじゃないか！　あれは全部演技だったんだよ』

女は聞こえていない様子で続ける。

『……あなたはパラノイアではなく、解離ヒステリーによる人格変換、あるいは多重人格症だったのかもしれないわ』

『多重人格？　はっ！　そりゃトレンディでいいね。……しかし分かんない女だな、俺は嘘をついてたって認めてるんだぜ？』

『あなたは精神病院の患者という立場に耐えきれず、医師に人格変換することによってそこから逃れた。――もしそうだったとすれば、医師であり続けることに危機を覚えたら、さらなる人格変換を起こすことによってその状況から逃れようとしたとしても、不思議はないんじゃないかしら?』

今度は男が口をぱくぱくさせる番だった。何か抗弁しようと口を開くものの、言葉が何も出てこない。

『これまでの治療は間違いね。これからは催眠療法をメインにして行きましょう』

女はどこか楽しげに言う。

『……おい、冗談はやめてくれよ。そりゃあんた達にとって気持ちのいいことじゃないのは分かるけど、だからってその腹いせに俺を無理矢理病気にするつもりじゃないだろうな』

『もちろん、あなたの話を裏付ける証拠があれば、信じる用意はあるわよ。あなたの上司に連絡すれば済むことじゃないの?』

『……上司なんかいないよ。俺はフリーなんだから。――でも証明ならできるさ。今からある電話番号を言うから、そこに電話をかけてみてくれ。俺の言ってることを確認してくれる奴がいるはずだ。ちゃんと保険をかけておいたんだよ』

『分かったわ。――そのファイルに書いてちょうだい。今から確かめてくるから』

男はフェルトペンでファイルに数字を走り書きすると、フォルダーごと女に返した。女はちらりと見て頷くと、部屋を出ていった。

私は宮崎に向き直り、話しかけた。

「先生。先生もあのニセ患者に騙《だま》されていたんですか？」

「……彼は本当にニセ患者だと思われますか？」

逆に聞き返され、私は絶句する。

「じゃあ……じゃあ、やはり彼女の言うとおり人格変換を起こしていると？」

「さあ、どうでしょうかね」

宮崎は初めから真実を知っているのか、ただ単に驚きをごまかしているだけなのか、曖《あい》昧《まい》な返事しかしなかった。なおも私が追及しようとしたとき、再びドアが開いて女がモニターの中に戻ってきた。

『お、早かったな。——どうだ？　確認取れただろ？』

男は身を乗り出すようにして訊ねたが、女はじっと彼を見つめたまましばらく何も答えなかった。

『——あの電話は使われてなかったわ』

『何だって？』

『あなたの書いた電話番号はデタラメだってことよ』

男は心底ショックを受けた様子だった。

『嘘だ！』

『嘘じゃないわ』

男ははっとした様子で、叫ぶ。

『分かったぞ。俺を……俺をここに閉じこめるつもりなんだな？　そうなんだろ？　なあ

……俺は別にこの病院の名前を出して、スキャンダル記事を書こうってんじゃないんだ。匿名で、精神病院の実態をレポートするだけだ。あんた達にとって不名誉になるような書き方はしないと約束するよ。だから……だから、ほんとのことを言ってくれ。——電話は、通じたんだろ？』

糾弾口調だったものが、最後は懇願する口調になっていた。女の瞳に、心から同情しているらしい光が浮かんだ。

『——大丈夫よ。時間はかかるかもしれないけど、必ず退院させてみせるわ』

『ちょ、ちょ……ちょっと待ってくれ。きっと番号を間違えたんだ。かけ間違いだよ。そうだよ、かけ間違いだよ』

『私は三度この番号にダイアルしました。かけ間違いじゃないわ』

『じゃあ俺が書き間違えたのかも……三度もダイアルしたって？』

男はふと聞き咎《とが》めたように訊ねる。

『ええ。それが何か？』

『……それにしちゃ、戻ってくるのが早すぎないか？　ただでさえ早かったのに』

女は答えなかった。その顔は能面のように無表情で、何も読みとれない。

『大体、どこの電話からかけたんだ？　一分やそこらで戻ってこれるようなところに電話なんかあったか？』

私は閉鎖病棟のことは詳しくない。しかし、病室が並ぶ辺りにすぐ外線の電話があるとは思えなかった。男が疑っているように、女は電話などかけていないのかもしれない。男の言葉などかけらも信じていなかったからなのか？　それとも――

男は突然、今初めて見るような目つきで女を眺めだし、訊ねた。

『最初から気になってたんだが――あんた一体、誰なんだ？』

4

長い沈黙の間、誰もが息を止めていたようだった。女が吐き出すように口を開いたとき、モニター室には安堵ともため息ともつかぬ吐息が充満した。

『何言ってるの。ここの医師に決まってるじゃないの』

『……俺の担当の？』

『そうよ』

『じゃあ、俺が今まであんたを見たことがないってのは、一体どういうことなんだ？』

女は久しぶりに笑顔を見せた。

『それこそあなたが人格変換を起こしていることの証明ね。あなたが作り上げた新しい人格が私を知らないということよ』

男は予期せぬ反論にひるんだ様子だった。

『じゃあ……じゃあ、俺は本当にあんたの治療を受けてたってのか？　今日が初めてじゃないと？』

『もちろんよ』

男はやがてきっぱりと首を左右に振った。

『――いや、そいつはおかしい。俺はあんたがここへ入ってきたときからの記憶は全部ある。分かるか？　俺が医者のふりをしてたときからの記憶だ。あのときから俺はあんたの顔を知らなかった。おかしいじゃないか。医者だと思ってる俺も、ジャーナリストだと思ってる俺も、あんたなんか知らないんだよ』

女は少し眉をひそめながらも答える。

『それは説明できないこともないわ。私と最後に会ったのと、今日最初に会ったあなたは、すでに別人格だったのかもしれない』

『しかし、今日の記憶は連続してるんだ！　医者のふりをしてた俺と今の俺は別人格なんかじゃないってことの証拠だろう！』

『……そうとも限らないわ。都合のいい記憶を持ち越しているだけのことじゃない？』

私は目眩《めまい》を覚えた。男は患者なのか、本人が言うようにニセ患者なのかは分からないが医師でないことははっきりしている。しかし、彼の言っていることには筋の通っている部分もあり、女の方が本当に医師であるかどうか、それさえも疑わしく思えてきていた。

現に、女はずっと以前からここの医師であるかのような発言をしているが、私は彼女の顔に見覚えはない。妄想を抱いているわけではないとしても、嘘をついているのは間違いないのだ。

新任の医師か、そうでなければ、そもそも医師でないとしか考えられない。

「宮崎先生。いい加減教えてくれてもいいでしょう。あの二人は、一体何なんです。この……この滅茶苦茶な事態を初めから予想していらしたんですか？」

「……ええ、もちろん予想していましたよ。これを是非あなたに見ていただいて、ご意見を伺おうと思って、お呼びしたんです」

「意見だなんて……私には正直言ってわけが分かりません。大体、あの男は病気なんですか、そうじゃないんですか？　そうでないのなら私の出る幕じゃありませんし、あの女性が本当にここの医師なのかどうかも私は知らないんです」

宮崎は椅子をくるりとこちらへ回すと、私を正面から見据えた。

「あの二人とも、あなたはよく知っているはずですよ、北山さん。一人はとりわけよくご存じのはずだ」

彼はわざと私のことを〝先生〟と呼ばなかったような気がして、何故《なぜ》か寒気を覚えた。

「……私があの二人をよく知ってる……？」

私は相変わらず言い合いを続けているモニター上の二人に視線を戻したが、やはり彼らのどちらにも見覚えはなかった。

「──思い出せないんですが」

宮崎はたしなめるように軽く舌打ちをする。

「もっとよくご覧になって。ほら、あの男。見覚えがあるはずですよ。心を空っぽにして。──もっとよく見て！」

私は魅入られたようにモニターを見つめていた。頭の裏側に、微かなうずきを覚える。手が、知らぬ間にきつくきつく握りしめられていて、手のひらに爪が食い込んでいる。

「彼は今、患者のふりをしてここに潜り込んだジャーナリストを演じてますが、実際は患者でもジャーナリストでもありません。ぼくがある事務所を通じて雇った、俳優ですよ」

「俳優……？　俳優に知り合いなんかいませんよ」

私は驚きのあまり、ひどく的外れな返答をしてしまう。

宮崎はからからと楽しそうに笑った。

「まあ、そうでしょうね。でもいずれにしろ本当に重要なのは女性の方です。あなたは彼女をよく知ってるはずだ」

「あの女性ですか。ではやはりこの病院の医師……？」

「医師？　とんでもない！　彼女こそが患者ですよ。自分を医師だと思い込んでる。その治療のためにぼくは俳優を雇い、搦《から》め手から彼女の妄想を排除する方法を考えたわけです」

「搦め手……？」

「そう。彼女は高い知性でどんどん医師としての人格を完成させていき、なかなかその隙を見つけることも難しくなっていった。そこでその彼女自身に、似たような症状の患者を与えて〝治療〟させてやろうと考えたわけです。その過程で、間接的に彼女に自分の症状を理解させることが第一の目的。あなたはこういう症状なんだと直接言っても、文字通り耳に入らないものですからね。第二に、演技や病気、様々な理由により、人は幾重もの仮面を被っていることを理解させたかった。そして最終的には彼女の妄想を消し去ることができればよかったのですが――」

彼は言葉を切ってモニターをちらりと見やった。まだ彼らの会話は続いているようだったが、もはや宮崎医師はそれに大した興味を感じていない様子だった。

「まだ望みはあるんじゃないんですか？　あの俳優さんは一所懸命やっているように見え

ますが」

「いやいや、駄目ですよ。あなたがあの女性を思い出してくれない限り、治療は成功しません」

「私が……思い出さない限り？　どういう意味です」

宮崎はため息をついて上着のポケットから何かを取り出すとこちらへよこした。プラスチックの薄いケースだ。

「開けてご覧なさい」

彼の言葉に従い、訝しみつつも私はそのケースを開いた。手鏡だ。見知らぬ女――いや、モニターの中の女と同じ顔が私を見返した。

「あのモニターはずっと昨日の録画を流していたんです。――あそこにいるのはあなたなんですよ、北山亜由美《あゆみ》さん」

私は鏡から視線を逸らすことができなかった。

見知らぬ女だ。何と言われても知らない女であることに変わりはなかった。

私は鏡の中の女がゆっくりと口を開き、悲鳴を絞りだそうとするのを見ながら思った。

――この女は狂っている。どうしようもなく。

猟奇小説家

1

インタフォンが鳴ったとき、テレビではワイドショーの悩み相談がいいところだったのでわたしはつい舌打ちしていた。どうして客はいつも間の悪いときに来るのか。

みのもんたはひどい亭主をつかんだあの主婦に一体何と言うだろうと考えながら、わたしはインタフォンを取りに立ちあがった。

受話器を取る前に、小さなモノクロの液晶画面を覗《のぞ》きこむ。家を建てるときに強く主張してわたしが取り付けてもらったカメラつきのインタフォンだ。夫はそんなものはいらないだろうと言ったが、子供の頃からマンション住まいしかしたことのなかったわたしにとって、一戸建というのは不安なものだった。防犯対策はどれだけしてもしすぎということはないような気がするのだった。世間には頭のおかしいやからがごろごろしているのだから。

画面には見たこともない背広姿の男が一人、立っていた。荷物らしい荷物がないところを見ると押し売りではなさそうだが、夫の知人にしては年を取りすぎているように思えた。小太りで頭の禿げかけた中年男。外はよほど暑いのかハンカチで一所懸命うなじや額を拭いている。

苛々《いらいら》したようにもう一度インタフォンを鳴らす。出ようかどうしようかと迷っていると、男はインタフォンに取り付けられたカメラに気付いたらしく、いかつい顔に笑みを浮かべて頭を下げてみせる。

向こうからは見えるはずがないと分かっていても、出ないわけにはいかない気持ちにさせられる。わたしは渋々受話器を取った。

「……はい」

『すみません。ちょっとお訊ねしたいんですが……』見かけによらず丁重な物腰だった。

「何でしょう？」

『えーと、こちらは小説家の矢作潤一《やはぎじゅんいち》さんのお宅ですよね？』

わたしは眉をひそめてもう一度画面に目を凝らした。どこかの社の編集者だろうか？

それにしても電話の一本も入れずにやってくるのは普通ではない。

「表札見てもらえば分かりますけど、うちは中川《なかがわ》と申します。ごめんください」わたしはそう言って受話器を置いた。同時に画面も切れたが、わたしはスイッチを押してもう一度モニターをつけ、男が立ち去るかどうかを見ていた。

以前マンション住まいをしていた頃にも「矢作潤一の熱狂的なファン」と名乗る女性がどうやってか住所を探り当てて家までやってきたことがあった。だからここに引っ越してきた時には編集部にはくれぐれも住所が外部に漏れないように気をつけてくれと釘を刺しておいたのだったが……。

男はメモらしきものを広げて確認している様子だったが、再び意を決した様子でボタンに手を伸ばす。

響き渡るチャイムの後わざと五秒ほど待ってから、ゆっくりと受話器を取った。

「はい」

『あ、ちょっと奥さん、話を聞いて下さい。編集部でここだって言われて来たんですよ。大事な話なんです。中に入れてもらえませんか』

編集部が教えたのか。一体何だと言うのだろう。本当に大事なことだとしても、編集部もまずこちらに電話して教えてもいいかどうか訊ねるべきではないのか。

頭のおかしいファンかもしれないし、過激派か何かが作品のどこかに腹を立ててやってきたのかもしれないではないか。

わたしが迷っているのに気付いたのだろう、男は背広の内ポケットから黒い手帳を出してカメラにかざして見せた。

『奥さん。これ見えますか？　警察のものなんです。怪しいものじゃありません』

警察――？　警察が一体何の用があるというのだろう？　制服の警官なら一年に一回くらい見回りにやってくるが、私服は初めてだ。それにもちろん、ただのパトロールならペンネームなど知るはずもない。胸の内を不安がよぎったが、警察とあれば開けないわけにはいかない。

『奥さん。ここは、矢作潤一さんのお宅なんでしょう？』

「……ええ」

わたしは仕方なくそう答えて受話器を置くと、スリッパを鳴らしながら小走りで玄関へと向かった。警察が一体うちに何の用があるというのだろう？

四畳半ほどの玄関には余分なものは何一つ置いていない。下駄箱の上の花瓶もなし。御影石の三和土《たたき》に降りてサンダルを履くと、ドアスコープから外を覗く。モニターに映っていた男が手持ちぶさたな様子で突っ立っている。

わたしは二つの錠とチェーンをはずしてそろそろとドアを開けた。

「やあどうも奥さん。突然で申し訳ありません」男は素早くドアを手で押さえて、むっとする外気と共に中へ入り込んできたので、わたしは一歩下がらなければならなかった。

「あの……一体どういう……？」

男は汗まみれのシャツの衿をぱたぱたさせて中へ風を送りながら、後ろ手にドアを閉めた。首を伸ばすようにして家の中を見回す。——といってもキッチンや居間へ通じるドアはちゃんと閉まっているし、二階へ続く階段の他には何も見るべきものはない。

「ほう。立派なお宅ですな」男はわたしの不安など気付かぬ様子でそう言った。

「……何か、あったんですか？」わたしは苛々してさらに訊ねる。

男はじっとわたしの顔を見つめて、「いや、まあ、ちょっとお訊ねしたいことがありまして。——矢作先生……ご主人は？」

「……今はおりませんが」

「そうですか。いらっしゃいませんか。なるほど」勝手に納得して何度も頷《うなず》いていたかと思うと、小さな声でぼそりと、「それはそれでいいか」と呟《つぶや》いた。

「……主人のことで何か？」

男は頭をかきかき、「いや、まあちょっと込み入った話でしてね。できれば座ってゆっくり——」と上目遣《うわめづか》いにわたしを見る。

不安はますます大きくなったが、警官を追い返すだけの勇気もない。まさかワイドショーが見たいから後にしてくれというわけにもいかないだろう。

「——じゃあ、こちらへ」

わたしはすぐ左手のドアをあけ、男を招じ入れた。銀行や保険の営業マンなど、個人的に親しいわけではない相手だけを通す応接室だ。ソファとテーブル以外調度らしい調度は何も置いていない。ファックスのおかげでだいぶ少なくなったが、編集者が締め切り前にここで原稿ができるのを待っていることもある。

部屋の隅には古い週刊誌や小説誌が何十冊と積んである。どれも編集者たちが時間つぶしにと読んでいてそのまま置いていったものだ。また別の誰かが読むかもしれないと思ってそのままにしてあり、わたしもまた読んだ雑誌をここに放り込んでおくのが習慣になってしまった。

当然エアコンをかけていなかったので、空気はむっとしていて息苦しいほどだ。エアコンのスイッチを入れ、「何か冷たいものをお持ちしますね」と言って一旦退却する。

キッチンに戻るとつけっぱなしのテレビを消し、グラスを二つ、レース編みのコースターを二つトレイに載せる。そして冷蔵庫から麦茶の入ったクーラー。

悪い想像が次々と頭に浮かぶのを無理矢理打ち消しながら、トレイを応接室へ運ぶ。

ドアを開けると男はだらしなく脚を広げてトドのようにソファに沈みこみ、置いてあった雑誌をうちわ代わりにして扇いでいる。わたしを見ると慌《あわ》てて少し居住まいを正す。わたしは黙って彼の向かいに腰掛けると、グラスに麦茶を注いで彼に勧めた。

「や、こりゃどうも。遠慮なくいただきます」

言葉通り、最初に注いだ麦茶をほとんど一息に飲み干してしまったので、わたしは黙ってクーラーからお代わりを入れてやった。

　男は嬉しそうにまたすぐ口をつけ、半分ほどごくごくと飲む。わたしの視線が非難がましかったのかもしれない。男はわたしが見ていることに気付くと照れたようにグラスを下ろしテーブルに置いた。

「いや申し訳ない。あんまり喉が渇いてたもんですから」

「——それで、お訊ねになりたいことというのは……？」わたしは苛立ちを抑えながら水を向ける。

「ええ、ええ、それなんですがね。実はこの小説の件でちょっとお伺いしたいことがございまして」

　わたしは気付いていなかったが、男は手提げ紐のついた紙袋を折り畳んでずっと脇に抱えていたようだった。紙袋には持ち帰り寿司チェーンの名前が書かれている。その袋の中から取り出したのは、わたしにはもちろん馴染《なじ》みの小説雑誌、「猟奇」の最新号を含む三冊のようだった。

「この雑誌に矢作先生は今、小説を連載されてますね。——お読みになってますか？」

「……え、ええ、そりゃまあ……」わたしは苦笑しながら答えた。

「えーと、タイトルは——」憶えていないのか「猟奇」を開いて確かめながら、「『アガペー』……ですか。何ですかなこれは。昔のギャグみたいですな。あれはアジャパーでしたか。あはあはあは」と笑う。

わたしが少しも笑っていないことに気付くと彼は笑いやめ、ばつが悪いのを隠すように二、三度咳払いをすると麦茶に手を伸ばして一口飲んだ。

「……いや、失礼。別に馬鹿にしてるわけじゃないんです」

「構いません。それで、その小説が一体どうだとおっしゃるんです？」

わたしが問いかけると男は急に真顔になってわたしの顔を見つめかえした。

「……奥さん、ご存じですか。この辺りで最近殺人事件が続いてるのを」

「殺人事件ですか……。そりゃまあ何件かあるようですけど、それほど近所で起きたという話は聞きませんが」

「ええ。近いと言ってもここへ聞き込みに来るほどじゃありません。まだ連続殺人と断定したわけじゃないんでマスコミも騒いではいませんし、ご存じなくても無理はありません。しかし、ご主人はどうでしょうか」

「はあ？　どういう意味ですか」

「ご主人は職業柄、犯罪事件はよく調べておいででしょう？」

わたしは何と答えればいいのか分からなくて黙り込んだ。

男は身を乗り出してわたしに顔を近づけると、声をひそめてこう言った。

「この小説。ここに書かれているのとほとんど同じ事件が、今まさに起きてるんですよ」

わたしは息を呑んだ。

2

女は息を呑んだ。

俺の言葉によほど驚いた様子だった。

俺は三冊の雑誌を、折り目をつけたところで開いて発売月の順番に重ねた。一番上が七月号、その次が八月号、そして一番下が、昨日七月二十五日に発売されたばかりの九月号。それを示しながら事情を説明することにした。

「この……『アガペー』でしたっけ、この連載第一回で主人公の作家はゆきずりの女を殺しますよね。何と言うか、相当どぎつい描写で詳細に殺人シーンが書いてある。わたしなんかこういう仕事してますから、死体はもちろん何度も見たことあるんですけどね、スプラッタ映画っていうんですか？　ああいうのはてんで苦手でして、この小説も読むのは結構大変でした」

女は虫も殺さぬような顔をしていたが、案外こういうタイプの方が血みどろ映画が好きだったりするのかもしれない。最近は若い女が殺人鬼の本を好んで読んだりするともいうし、世の中一体どうなっているのだろう。

といっても目の前の女は四十二、三。若い女と言うにはちょっととうが立っている。表札には「亮一《りょういち》」と「安美《やすみ》」という名前しか書いてなかったが、子供はいないのだろうか。うちのマンションなら二つは入りそうな家に夫婦二人だけとはいいご身分だ。都心から少し離れてはいるが、土地だけでも一億は下らないだろう。作家というのはそんなにも儲かるものなのだろうか。

「描写が残酷だから誰かが真似をしているとでも？」女の苛立った口調に、俺は我に返った。

「いえいえ、もちろん違います。これは七月号ですから、五月末の発売ですね？　五月の二十五日。しかしその一ヶ月も前の四月十九日に、ある事件が起きているんです。この小説に書かれているのと非常によく似た状況で、若い女性が殺害された事件です。性的暴行を受け、身体中を刃物で切り付けられて殺されました」

彼女は顔色一つ変えないまま黙っていた。

「ご主人はこの事件をご存じだったんでしょうかね？　それでそれをモデルにこの小説を書かれた」

「それは不可能です。だって――」

俺は彼女の言葉を遮って続けた。「分かってます。編集部で聞いてきたのですが、矢作先生はずっと前に既にプロットを書き上げ、お渡しになっておられた。この第一回目もそれに沿って書かれているというわけですよね？　それに、四月末の締め切りに先生は遅れずに原稿を渡していらっしゃる。いつものペースから言っても十九日以降に書き始めたなんてことはありえないというのが編集部の方のお話でした」

「なら、ただの偶然ということでしょう。猟奇殺人がテーマの話は他にもたくさんありますし、特に変わった殺し方というわけでもありませんからね」

「ええ。もちろん、この一回目だけならただの偶然とも思えます。実際これまで誰も事件とこの小説を結び付けて考えた人間はおりませんでした」

「――この雑誌は少々マニアックな雑誌で数千部しか発行してないと聞いてますし、あまり普通の方の目には留まらないでしょうからね」

殺人鬼の実録に始まって、死体写真にスプラッタ小説――少々マニアックどころか恐ろしくマニアックなのではないかと思ったが、それは口にしなかった。最近はこれもさほど異常なものとは受け取らないのが世間の風潮なのかもしれないと思った。

「そうです。通報がなければ我々はずっと気付かなかったかもしれません。活字を読む人間自体少ないですし、そういう連中にしても息抜きでこんなものを読むやつはいません。人殺しの話にしたってもうちょっと軽いのにしておくでしょう」

「通報？」女は訝《いぶか》しげな表情を見せた。

「一連の事件との類似に気付いた読者が、匿名で警察に通報してきたんです。……八月号の第二回目でまた主人公は二人の女性を殺してますね。一人はテレクラで知り合った女子高生、そしてもう一人はいたいけな小学生だ。小説といえど、わたしゃへどが出そうになりましたよ――いやもちろん、それだけ真に迫ってた、ってことなんでしょうがね。でも小説家ってのは想像力だけでこんなものが書けるものなんですかねえ」

「一体……一体何がおっしゃりたいんです？」女の声はこころなしかかすれていた。

「この第二回に書かれてるのと同じように、女子高生と小学生が暴行されて殺されてるってことです。六月の末のことですがね」

女は少しほっとした様子を見せた。

「六月の末……だったら八月号が発売になった後じゃありませんか。もし偶然とは思えないほどの類似点があったとしても、やはり誰かがこの小説に影響を受けて殺人を犯してるということじゃありませんか？」

「その可能性はもちろん真っ先に考えました。でも、それだと四月の事件の説明がつかないでしょう？」

「そっちは……別の事件なんじゃ」

「かもしれません。――いずれにしろ第二回までの段階では、我々も一応雑誌を手に入れて読みはしたものの、真剣に事件との関連を考えていたわけじゃありませんでした」

俺は言葉を切って、女の目を見つめた。「真剣に考えるようになったのはこの第三回を読んでからです」

一番下に置いてあった九月号を引っ張り出して示す。女は何も言わなかったので、俺はさらに続けた。

「ご存じのようにこの小説の主人公は、スランプの作家です。女を犯して殺すことで活力を手に入れ、猟奇小説を書き続けようとしています。作家の名前も矢作潤一なら小説を掲載している雑誌も『猟奇』。妻と二人で郊外の一軒家に住んでる。ドキュメンタリータッチ、っていうんですか？　趣味が悪いと思いませんか。こういうの読んで、奥さんは一体どう思われるんです？」

趣味が悪い、という言葉が癇《かん》に触ったのか、女は顔をこわばらせた。

「……わたしはもちろんフィクションだと知ってますから、何とも思いません。特に珍しい手法でもありませんし」

「ははあ……。奥さんも相当この手のものをお読みになるわけですか」

「それはまあ……」

こういう作家と結婚するくらいだから、似たような趣味の持ち主、ということか。それとも秘書のような役割をしていて忙しい夫に代わってめぼしい本を読んだりもするのかもしれない。

「いずれにしてもですね、この第三回にいたって我々は、とても偶然の一致とは思えないと結論せざるを得なくなったのです。いいですか。この回で主人公は人気《ひとけ》のなくなった駅のトイレに女性を連れ込んで暴行、殺害を行います。駅名は異なっていますが、この二十日にこれとまったく同じ事件が起きているんです。それが偶然だと思いますか？」

「……偶然に決まっています！　偶然でなければ何だとおっしゃるの。わたしの夫が犯人だとでもおっしゃりたいんですか？」女は頰《ほお》を引きつらせながら言った。

俺は「そうだ」と言ってやりたかったが、まだそれはやめておくことにした。

「それも一つの仮説ではあります。しかしこういうことも考えられます。一般読者ではなく、特殊な立場の誰かがこの小説を読んで真似をしているという可能性です」

「特殊な……立場」

「ええ。たとえばこの雑誌社の人間。担当編集者に編集長。校正者。そういった人達です」

「……それに、作家の家族、ですか」女は瞳の奥に怒りを覗かせながら言った。

俺は慌てて手を振って否定する。「まさか！　奥さんのことは疑ってませんよ。犯人が男であることは明白なんです。被害者はみんな性的暴行を受けてますし、精液も残されていますからね。――あー、ちなみにご主人の血液型は？」

「ＡＢ……だったと思います」

「なるほど……」俺はそれだけ言った。

女は案の定心配そうに、「犯人の血液型は……？」と訊ねてくる。

俺は少しじらした後で答えた。「——同じですよ。ＡＢ型です」

「そんな……」

女はしばし絶句したが、すぐに力ない笑みを浮かべて言った。「こんなこと、馬鹿げてるわ。主人が人殺しだなんてありえないことです」

「そう思われるのは当然です。ですから、こう考えて下さい。先生の原稿の内容を、雑誌発売より前に知っていた人間の中に犯人がいる可能性が高いのです。わたしはなにぶんこの業界のことは何も知りませんから、さっき言った以外に原稿を事前に読むことができる人間がいたら教えて下さい」

「……特に思い付きませんが。編集部でお聞きになった方がいいんじゃないですか」

「分かりました。そうします。それと、これが一番のお願いなんですが……」

「何ですか」女はもはやその口調から苛立ちを隠さない。

「第四回目の原稿を、読ませてもらえないでしょうか？　今できている分だけで構わないんです」

「四回目の原稿を……？」女は訝しげに聞き返した。

3

「四回目の原稿を……？」わたしは聞き返した。「一体どうしてです？」

「もちろん、これから起きるかもしれない事件を未然に防ぐためです。また何人も被害者が出たんじゃたまりませんからね。もちろんご主人はあまりいい気持ちはされないでしょうが、これも人助けと思ってお願いします」

　わたしは混乱しきっていた。

　この男の言っていることは本当なのだろうか。主人が人殺しなどというのは論外だとしても、『アガペー』を読んだ誰かがその真似をして人を殺していて、しかもそれは一般の読者ではなく、もっと身近なところにいる——？

「でも……読んでどうなさるおつもりなんです？　たとえ犯人が今度どういう被害者を選ぶか分かったところで意味ないじゃありませんか。それより問題は、本当に犯人が編集部の人間なのかどうかでしょう。血液型が分かっているのなら、あてはまる人を一人ずつ調べるのはさほど大変なことじゃないんじゃありません？　——それに、何から何まで小説と同じってわけじゃないんでしょう？　被害者の名前や殺された場所が全然違ってて、ただ年齢やなんかが近いっていうだけなら、やっぱり偶然じゃないんですか」

男は分かっていると言いたげに何度も頷く。「もちろん編集部などについては別のものが鋭意調査しております。——とにかく、原稿を見せていただくわけには参りませんか？　どうせもうすぐ締め切りなのでしょう？」

原稿を彼に見せたからといって、何か不都合が生じるだろうか？　——いや。何も。実のところ原稿はすでにできている。わたしがこの手でワープロからプリントアウトして、編集部に渡す前の校正も今朝済ませたところだ。

その内容を思い出し、一瞬体が震えた。

最終回だった。クライマックスだけに、殺人場面にもこれまで以上の気合いが入っていた。あの作品の通りに事件が起きるとしたら——？

一瞬浮かんだそんな考えをわたしはすぐ頭から追い払った。

「——お待ちください。原稿を取ってきますから」

わたしは立ち上がり、部屋を出ると二階の書斎へと向かった。戸口で一瞬ためらったが、すぐに覚悟を決めて中へ入り、自分で置いたばかりの原稿の束を手に取った。

編集部の宛て名を書いた封筒に入れられた、ワープロ用紙五十枚ばかりの原稿。

——これを焼き捨ててしまったら、どうなるのだろう？

一瞬、そんな馬鹿げた考えにとらわれた。『アガペー』の続きが誰にも読まれることなく未完で終われば犯人も続けようがないだろうというわけである。

しかし警察はそれを望んでいるわけではあるまい。もう一度犯行を犯そうとしている犯人をあわよくば現場で取り押さえる。それが一番のはずだ。そのためにはやはりこの原稿は雑誌に掲載されなければならないのだろうか？　それとも、犯人を罠にかけるために都合よく書き直せとでも言ってくるのだろうか？

馬鹿馬鹿しい話だ。しかし信じられないようなことをする人間がいるのもまた事実である。

わたしはしばし原稿を胸に抱いたまま様々なことを一瞬のうちに考えたが、すぐに気を取り直して書斎を出た。

階段を降りていくと、キッチンの方角から男が出てくるのに出くわした。

「あ、奥さん。トイレはどちらですかね？　麦茶を飲みすぎたようで」

「……そこです」

わたしは言って、彼のすぐ脇にあるドアを指差した。

「あ、こんなとこにドアがあったんですか。ではちょっと失礼」男は照れたように言って、中へ入った。

キッチンのドアは正方形のガラスが板チョコ状にはめこまれたもので、中は見えるからトイレと間違えるはずもない。わたしが上にいる間に、家の中をそれとなく調べていたのではないだろうかと考え、怒りとも恥ずかしさともつかぬ感情で体が熱くなった。何かまずいものを見られはしなかったかと気になって一旦キッチンへ入った。幸い見られて困るような恥ずかしいものもないようだったが――。

わたしが先に応接室へ戻って座って待っていると、水を流す音が聞こえ、男が汚いハンカチで手を拭きながら戻ってきた。

原稿を封筒から出してテーブルに置くと男は、「や、どうも失礼。――じゃちょっと拝見」と取り上げてどっかり腰を下ろした。

恐らくはざっと斜め読みをしているのだろう、最初の方はすごいスピードでページを繰っていく。やがて殺人場面に差し掛かったのか、ぴたりと手が止まった。

男の顔に驚きが浮かぶのをわたしは見守った。

「奥さん、これは……」

「何でしょう」

「これ、お読みになったんでしょう？」

「ええ。もちろんです」

彼が驚くのも無理はない。何しろ最終回で主人公の作家「矢作潤一」は妻の「保美《やすみ》」を殺すのだから。字は違うが、読みはわたしと同じ「ヤスミ」。

男はぱくぱくと鯉のように口を動かす。

「これを……これをお読みになって何とも思わないんですか？　これは、あなたをモデルにしてるんでしょう？　それにこの殺し方といったら、これまでの中でもとりわけ残酷だ。腹を裂いてその臓物をひきずり出して食べるなんて――」

「……それはそうですが、ちゃんと読まれれば分かると思いますけど、彼はそれを愛ゆえに行うんですのよ？　彼女の方もそれを知っています。同化することで二人とも最大級の喜びを得てクライマックスを迎えるんですから」

　男がごくりと唾《つば》を飲み込む音が聞こえた。吐き気を覚えたのかもしれないとわたしは思った。

「わたしには……わたしには理解できませんな。自分たちをモデルにこんなものを書く神経が。それに、フィクションといったって、所詮自分の頭の中から引っ張り出してくるわけですから、こういうものが出てくるということは頭の中にこういう考えが詰まってるってことじゃないんですか？　わたしは……わたしには、耐えられませんな」

　わたしは答えなかった。そう思う人間がいることも理解できたからだ。確かに『アガペー』の描写はどぎつすぎるかもしれない。

「奥さん」男は声をひそめ、思い詰めたような表情で言った。「わたしは今確信を持ちましたよ。あなたの旦那は連続殺人鬼じゃないかもしれない。でもまともな頭であるはずがないですよ。まともな神経でこんなものが書けるはずはない。このままだとあなた殺されるかもしれない」

わたしはしばらくの間我慢していたが、とうとうこらえきれなくて笑い出した。

4

女は突然笑い出した。おかしくておかしくてたまらないといった様子で腹を抱えて笑うその姿は、まるでいたずらが成功して喜ぶ子供のように見えた。

「何がおかしいんです。冗談で言ってるんじゃないんですよ。本気で心配してるんだ。連続殺人も彼だという気がしてます。――もちろんこれからご主人は厳重な監視下におかれることになるでしょうが、彼と一つ屋根の下に暮らし続ける限り、あなたの身を守りきることは我々の力だけでは到底……」

俺は言葉を切った。女は笑い続けていて俺の言葉など何一つ耳に入ってはいない様子だったから。

女はうっすらと涙さえ浮かべていた。一体何がそんなにおかしいのか。俺は無性に腹が立った。

こいつもか。こいつも俺を馬鹿にするのか。

「……御免なさい。御免なさい。あんまりおかしくて……」

「何がおかしいんです。あなた怖くないいんですか。それほどご主人を信頼されてるということですか」

「違います、違います。あなた勘違いしてらっしゃいます」女は二、三度咳き込み、涙を指で拭きながら何度も首を横に振った。

「勘……違い？」

「ええ。勘違いです。矢作潤一が殺人鬼なんてことはありえないし、もちろんわたしを殺そうとするなんてこともありません。絶対ないんです」

「なぜそう確信が持てるんです」

この女は平和ボケしているのだ。だからとても自分の夫が殺人鬼だなどとは信じられないのだ。俺はそう思った。

しかし次の瞬間俺は自分の耳を疑った。

「だって、わたしが矢作潤一なんですもの」

「……なん……ですって……」

女は子供をからかうのが好きな教師のようにいたずらっぽい笑みを浮かべる。

「矢作潤一は、わたしのペンネームです。おかげで編集部の人以外は男性作家だと思ってくれているようです。わたしの夫は矢作潤一じゃありませんし、もちろんわたしは矢作潤一の妻でもありません。ですから『アガペー』はモデル小説のように見えて、実態とはまったくかけ離れているわけです。知らない人には悪趣味な趣向に見えるでしょうけどね」

……この女が……矢作潤一？　あの猟奇的な小説をこの女が書き続けているというのか？

「では……では、あなたのご主人は……」

「編集者です。というか『だった』というべきなんでしょうか。一年前に書き置きを残して家を出ました。捜索願いも出しましたが、とうとう行方は分かりませんでした。捨てられたわけです、わたしは」女はそう言って自虐的な笑みを浮かべた。

家出した――？　矢作潤一が？　そう考えかけ、すぐにそうではないのだと気付いた。家出したのはただの編集者だ。「矢作潤一」の夫。「矢作潤一」は目の前にいるこの女。

「……失礼。ちょっと混乱して……」

「混乱するのも無理はないです。わたしはてっきり編集部でわたしが矢作潤一だと聞いていらしたものだとばかり思ってましたから、何か話が噛《か》み合わないような気はしたんですが……なんだか、余計混乱させてしまったみたいですね」

少しずつ頭の中を整理すると、新たな仮説が浮かび上がってきた。

「矢作潤一はあなた……この小説を書いたのはあなた……」

「そうです」

「……もし殺人鬼が矢作潤一なら……」

女はほんとうは少しもおかしくないという感じの笑い声を立てる。「ですからそれもありえないことでしょう？　だって殺人鬼は男なんですから」

　俺はゆっくりと首を振った。「必ずしもそうとは限りませんよ。現場に精液が残されていたからそのように結論づけましたが、男の精液くらい手に入れるのは不可能じゃありませんからね」

「じゃあ何？　わたしが精液の入ったコンドームをぶら下げて犯行を行い、暴行したように見せかけるためにそれを被害者に注入したとでも？」女は面白がっているような口調で聞き返す。

「可能性としてはありうるでしょう」

「馬鹿げてるわ！　科学捜査はその程度の小細工でごまかせるものじゃないでしょう。現場には精液だけじゃなくて、髪の毛だの皮膚だの汗だの、そういった手がかりが山ほど残されているはずよ。それを全部ごまかしきることなんてできるはずないわ」

　女はさすがに犯罪小説を書いているだけあって、ある程度の知識を持っているようだったし、彼女の言うことはしごくもっともだったので俺は頷いた。

　しかし彼女を見つめているうち、ふつふつとある疑問が湧いてきた。

「……あなたは割と大柄だし、力も強そうだ。もし散髪をしてスーツを着せたら、男性に見えないこともない……」

「だから何だって言うの？」

「……あなたは本当に中川《なかがわ》安美さんなんですか？　ご主人は本当にいなくなったんですか？　――もしかしたらあなたが中川亮一さんなんじゃないでしょうね？」

「いい加減にして！」女は叫ぶように言った。

5

「いい加減にして！」わたしは言った。

わたしが……わたしが男だなんて。この男はどれだけわたしを侮辱すれば気が済むのだ。

「主人が家出したかどうかなんて、調べればすぐに分かることでしょう。今からでも電話してお調べになったら？　大体非常識にもほどがあるわ。小説と事件が似てるからってだけで犯罪者扱いして、おまけにオカマ呼ばわり。いくらあなたが警官でも、許されることとそうでないことがあるでしょう。この件は絶対うやむやには――」

わたしはそこまで言いかけて凍りついた。

確かにこの男は警官だと名乗った。しかしその証明と言っても、わたしはモニター越しに黒い手帳を見ただけだ。

犯罪の捜査で刑事の訪問を受けたことなどないが、調べたところによれば刑事が一人で行動することはほとんどないという。二人一組が基本のはずだ。

しかも本当に「矢作潤一」を連続殺人犯として警察が疑っていたのなら、その戸籍や家族構成くらい事前に調べるのが当然ではないだろうか。「矢作潤一」が女であることも、その夫がすでに失踪していることも知らないこの男。この男は本当に警官なのか？　もしそれが何もかも嘘だとしたら――。

わたしは動揺を隠しながら男を改めて観察した。

腹の出た、汗っかきの中年男。少々がさつな感じはあるが、人が悪そうには見えなかった。その様子ですっかり信用してしまったが、今見るとその目の光り方は普通ではないようにも思える。

男は口のすみに泡を浮かべながらヒステリックに言いつのった。

「女がこんなものを書けるわけがない。そうでしょう？　この主人公の男の狂っていく様子。この小説を書いたのは間違いなく男だ。俺には分かる。女を殺すことを夢想しながらこれを書いたんだ。あるいは実際に殺しながらね。だから、これを書いたのがあんただと言うのなら、あんたは男だってことですよ。違いますか？」

「――話にならないわ」わたしは声の震えで内心の恐怖を悟られるのではないかと気になった。

野獣と同じだ。恐怖を悟られればその瞬間に彼らは牙を剝く。

「この……この、ナイフを女の腹に突き刺したときの手応え。皮膚の裂ける音。内臓から立ち昇る臭気と熱気。まるで……まるで見てきたように書いてある。ほら、特にこの第三回」男は散らばっていた雑誌を拾い、目当ての箇所を探し出して示した。

「『……女が悲鳴を上げるのに合わせて俺も雄叫《おたけ》びのような声をあげ、突きいれた。全身を叩きつけるようにして腰を動かすと彼女の頭は壁のタイルにぶつかってボールのように跳ね、赤い血しぶきが花のように散る。プラットフォームに入ってきた電車の音がすべてをかき消し、それと同時に俺はありったけの精を彼女の中に放出していた――』ね？　ほら、ね？　本当にやったんでなくて、どうしてここまで書けます？　電車が来たのと同時にイッたなんて、本人じゃなきゃ分かるはずないと思いませんか？」

ぞわぞわぞわとこらえようもない寒気が背中を立ち昇る。

「……あなた……誰？」

わたしはやっとそれだけ言うことが出来た。

ついさっきまでそこに座っていた、少々無神経な中年刑事の姿はもう、かけらもなかった。わたしと背後の壁の間のどこかを見つめているその目の隅は、不規則に痙攣《けいれん》している。

「俺？　俺は……矢作潤一かなあ？　あんた俺の奥さんだよね？　俺に……俺に内臓を食って欲しいんだろ」

何てこと。この男は狂ってる。警官なんかじゃない。

もしかするとこの男は本当に駅で女性を殺したのではないだろうか？　その後読んだ

『アガペー』の描写が彼自身の心理とあまりにも似ていたために自分のことだと思い込んでしまった——。

いや、本当の殺人など犯していないのかもしれない。ただ小説に書いてあることを自分がしたことだと思っているだけなのかも。——しかし、だとしても今のこの男はとても正常とは思えない。現にわたしを見るあの目つき。

男が自分の背中に手を回し、銀色に光るものを引き出すのを見てわたしは全身を硬直させた。

包丁だ。いつもわたしが使っている、研ぎすまされた鋼《はがね》の包丁。さっきわたしが二階へあがったときに、キッチンへ入って手に入れたのだ。原稿を読んだらどのみちわたしを殺すつもりでいたのに違いない。それとも殺人鬼「矢作潤一」とシンクロしていた彼には、読む前からクライマックスの見当がついていたのだろうか?

ゆらりと男が立ち上がるのを見て、わたしは弾けるように立ち上がりドアに飛びついた。

「どうして逃げるんだヤスミ……俺のヤスミ……」

わたしはドアを開け、廊下へ走り出た。後ろを見ずにドアを思い切り閉めると、鈍い音とともにうめき声が聞こえた。手を挟むか顔をぶつけるかしたのだろう。

玄関へ逃げればよかったのに、わたしはついキッチンへ、居心地のいいいつもの場所へと逃げ込んでしまった。

何か武器になるものはないだろうかと考えていると、すぐに男が鼻を押さえながらキッチンへと入ってくる。わたしは蟹のように歩きながらダイニングテーブルを回って逃げる。すぐに流し台に腰が当たった。

「やめて！　あなたは矢作潤一じゃない。わたしが矢作潤一なの。分かる？　あれは小説なの。全部嘘なのよ、分かるでしょ？」

言いながら流し台の下の扉を後ろ手で開き、包丁立てから滅多に使わない刺し身包丁を抜き出した。同じような武器では向こうの方が力が強い分こちらが不利だが、ないよりはましだ。

わたしは両手で柄をしっかりと摑《つか》み、へその前で構える。「――来ないで！」

男はわたしの包丁には目もくれず、ゆらゆらと近づいてくる。

「一つになろうよ……一つになろう……」

男の言葉を聞いて全身が痺れたように動かなくなった。

それはわたしが書いた台詞《せりふ》だ。小説の中の矢作潤一が呟《つぶや》く台詞。

わたしはあれを書いていた瞬間、殺す男にも殺される女にもなっていた。彼らの快楽を共有していた。

わたしは愛する女の内臓を食らうと同時に、愛する男に自分の内臓を与える快感を味わっていた。

一瞬、本当にこの男は自分で言っているように「矢作潤一」なのではないかという思いにとらわれた。そしてわたしは……保美？

男は素早くテーブルを回りこんでくると、包丁を振り上げる。わたしは我に返ると咄嗟《とっさ》に椅子を引き、男の進路を邪魔して身を翻した。がたがたっと派手な音がしたが、結果も確かめずキッチンからリビングへ。

何か包丁より頼りになるものは。狂おしい思いで見回すが、何もない。ローソファ、ガラステーブル、観葉植物の植木鉢、大きなテレビ……。ゴルフクラブでもあればいいのだが、確かあれは納戸に仕舞ったはずだった。

がたんと音がして振り向くと、転んだ男が椅子を蹴飛《けと》ばしながら立ち上がり、形相を変えて迫ってくるところだった。わたしは後ずさって、手にしていた包丁を投げ付けたが、男がひょいとかわすと後ろへ飛んでいって床に転がっただけだった。

駄目だ。熱いものが腿《もも》を流れ落ちるのを感じた。脚から力が抜け、その場にへたり込んでしまう。黒い影がわたしの前に立ちはだかる。

「ヤスミ……もう逃げられないよ……俺のヤスミ……」

「……嫌……来ないで……」

誰か助けて——そう心の中で叫んだ時だった。

ぐうっ、といううめき声とともに男がわたしの目の前に跪《ひざまず》き、前のめりに倒れた。わたしの失禁の跡が広がってゆく膝の間に、ごろりと頭を横たえる。ひくひく、ひくひく、と全身が痙攣している。

呆然《ぼうぜん》として見上げると、そこには信じられないことに亮一が立っていた。亮一、わたしの亮一。

夫が唯一わたしに与えてくれた宝。その亮一が血まみれの手をして、呆然と突っ立っていた。倒れた男の背にはわたしが投げたばかりの刺し身包丁が突き立っている。

運よく帰ってきた彼が、わたしを助けてくれたのだと気付くのにしばらくかかった。高校二年生の彼は、夏休みの補習に行っていたのだった。

「母さん……これは一体……？　こいつ、誰なの？」

わたしは安堵《あんど》のあまりただ泣きじゃくるだけで、しばらくその問いに答えることが出来なかった。

息子の腕に抱かれながら、わたしは切れ切れに、男がわたしの小説に影響を受けてやってきた変態らしいこと、危うく殺されそうだったことを何とか説明した。

「――そう。危ないところだったね。で、どうする？　警察呼ぶ？」

わたしは鼻をすすりながら考えたが、やはりそれは賢明ではないように思えたので首を振った。

「駄目。警察は駄目よ」

られてないかな？」

亮一はその返答を予期していたらしく素直に頷く。「だろうね。——こいつ、誰かに見

「多分、大丈夫だと思うわ。それに恐らくわたし達とは何の接点もないだろうし、いなくなっても誰も気にしないような奴よ」

「でも……」亮一は不服そうだ。

「でも何？」

「今度はどこに花壇を作るの？」

そう、それが問題だ——。

わたしがスランプに陥るたびに亮一は女を連れてきては目の前で犯し、責めさいなみ、殺してくれた。見ているだけでは分からない、手に伝わる感触や心理状態については、後からベッドの中でゆっくりと語ってもらった。殺人の舞台や状況は空想の産物だが、殺人者の心理は本物だ。だからこそ、自分のことと勘違いした変態がやってくる羽目になったのかもしれない。

おかげでスランプ知らずにはなったものの、庭は何度も掘り返され、決して好きではない花壇や家庭菜園で溢れかえる羽目になってしまった。近所からはすっかり土いじりが好きな人だと思われているようだが、本当は土なんか指一本だって触れたくなかった。他にいい方法がないからこうしているだけだ。

「バラを植えかえましょう。あれ、ほとんど駄目になってるでしょう。すぐ下にお父さんがいるせいかしら。もう一度深く掘って、あそこに埋めるのよ」

「……分かった」亮一は肩をすくめながら答えると、すぐに死体の処理にかかりはじめた。

背中に刺さった包丁は正確に心臓を貫いていたようだ。亮一は背中を足で踏みつけ、柄に両手をかけて深く刺さった包丁を勢いよく引き抜き、キッチンへ持っていって流しに放り込んだ。戻ってくると今度は男の服を脱がせ始める。もう何度もやってきたことだから手慣れたものだ。

ようやく落ち着きを取り戻してきたわたしは訊ねた。

「――ねえ、どんな感じだった？」

「え？　ああ……いつもと違って無我夢中だったもの、何も考える暇なんかないよ」亮一は服を脱がせる手を止めずにそう答えた。

「そう……。そりゃそうよね」

少しがっかりしたが、考えてみれば殺される側の経験はこれまでしたことがなかったわけだから、貴重といえるかもしれないと考えると気分がよくなった。

二度とこんな怖い思いはしたくない。人殺しは小説の中だけでたくさんだ。

あとがき

本書『たけまる文庫　怪の巻』というのは、続刊予定の『たけまる文庫　謎の巻』と合わせて、『小説たけまる増刊号』を文庫化したものです……と言ってまあ間違いはないのですが、親本自体が特殊な本のため、そのままの文庫化は不可能で、結果、タイトルもこのようなものとなりました。お間違えなきよう。

ご存じない方のために——そういう人の方が多いでしょうから——説明しておくと、『小説たけまる増刊号』は徹底的に雑誌のスタイルを模した個人短編集でした。雑誌のスタイルにするために、コラムを何本も書き下ろし、一人対談を行ない、グラビア撮影をして、目次頁は観音開き、目次の裏や裏表紙には広告（本物も偽物もあり）まで入れるというシロモノで、その節は集英社書籍編集部、小説すばる編集部、京極夏彦さん及びＦＩＳＣＯの方々などには大変なご苦労をかけたものでした。何でわざわざそんな大変なことしたかって？　さあ……したかったから、かなあ。

あまりに雑誌っぽく作ってしまったので雑誌のコーナーに置かれてしまい、「新刊が見つかりません！」とあちこちから言われる羽目になったのには参りました。自業自得？　あ、そう。そうかもね。

文庫化にあたって、そういった遊び部分——コラム、エッセイ、評論、グラビア等々はすべてすっぱりとカットすることにしました。つまりは単なる短編集なわけですが、それでも一冊にするには分量が多い（雑誌サイズで二段組みだと結構な分量が入るんですね）。というわけで、ホラー色の強いものと、ミステリ色の強いものに分割し、「怪の巻」「謎の巻」といたしました。

ただ、『小説たけまる増刊号』を買っていただいた方々（あるいは、文庫化を待っていただいていた方）に「あ、あれの文庫だな」と分かるようにはしたいと思いました。何かいいタイトルはないかなあ、と相談しているうちに「山岡荘八文庫とかってありますよね。あんなふうにできませんか？『たけまる文庫創刊！』とか書いて」とダメもとで言ってみたら（よくあるんだ）、「背表紙はどうにもなりませんけど表紙の帯なら自由になりますと言われたのだった（漫画家・吉田戦車氏専用の「スピリッツゴーゴーコミックス」というのもちょっと頭にあったかもしれない。まあこの本も『伝染《うつ》るんです。』くらい部数が見込めたら背もいじれたかもしれないと思う）。

この「怪の巻」に収められているのは、最後の二編を除いて、あるテーマに基づいたホラーの連作となっています。その辺については「解題」をご覧ください。最後の二編は、ぼくの定義では「ホラー」ではないんですが、それを言ったら前の方にもホラーと呼べないものがちらほらとあったりもするので、まあいいでしょう（何が？）。

お気に召した際は（あるいは召さなくても）、続刊「謎の巻」も合わせてよろしく。

コラム、グラビアが見たい、という方は、どこかにまだあるかもしれない『小説たけまる増刊号』を手に入れてください。

二〇〇〇年三月　　　我孫子武丸

〈編集部註・単行本『小説たけまる増刊号』は一九九七年十一月刊行。Ａ５判、314ページ。

ＩＳＢＮコード 4-08-774294-6 です。定価などの詳細は書店にお問い合わせ下さい。〉

解説

笹川吉晴

本格ミステリからホラーやSFまで、さらには小説に留まらずゲームや漫画の原作、インターネット上のWebページなど、ジャンルやメディアを越えて幅広く活躍する作家――我孫子武丸。まさに平成を代表する作家の一人である彼の仕事を一堂に集めた「たけまる文庫」が遂に創刊されたことは、一読者としてまことに欣快に堪えない。現在では入手しにくい作品も多数収録される予定であり、これをもって、この多才な物語作家の全貌が改めて明らかになることは間違いないだろう。

などと与太の一つも飛ばしたくなるほどに、本書の元本である短編集『小説たけまる増刊号』は小説雑誌を徹底的に模して、凝った作りのパロディ本としても傑作だった。グラビアやコラムから広告に至るまでいかにもそれっぽく作り込んだ、隅から隅まで我孫子武丸だらけのこの本の「編集後記」（あとがき）の中で、作者は「文庫になっても、楽しさ半減でしょう」と述べているが、そこはしたたかな我孫子武丸のこと、文庫化に際しては吉川英治や江戸川乱歩のそれのような、個人文庫の体裁を取るという挙に出た（ぜひとも月報も付けてほしい！）。

　その辺の経緯に関しては作者自身のあとがきに詳しいが、こうしたメディアの特性を生かした徹底した〝遊び〟には、ジャンルやメディアにこだわらないこの作家の、創作活動における意識のあり方がよく現れている。


　一般には〝本格ミステリ作家〟と分類されがちな我孫子武丸だが、（こうした作家分類が往々にして、単なる整理以上の役に立たないということは置くにしても）ミステリの枠内に留まらず、ホラーやＳＦに分類される作品もまた精力的に執筆していることは冒頭でも述べた通りだ。また、作風の面でも『殺戮にいたる病』（92）や『腐蝕の街』（95）『屍蠟の街』（99）といったシリアスから、《速水三兄妹》シリーズや『ディプロトドンティア・マクロプス』（97）のようなスラップスティック（というか笑劇《ファルス》）、青春物タッチの《人形》シリーズやジュヴナイルと幅広い。

　こうした多様性は時に小説というメディアすら飛び越え、我孫子武丸という作家のフットワークの軽さを示す一方で、ややもすればその作家像に焦点を結ばせにくくもしている。しかし、これら多様な作品群を俯瞰してみれば、そこには常に一貫して流れている主題が浮かび上がってくるのである。

我孫子武丸の作品はどのような形態を取ろうとも、常に同じ問題を取り扱っている。いや、作品自体がその目的に向けて機能しているというべきか。それらが徹底して目論むのは、確固たる事実という観念の破壊である。我孫子作品は読者の思い込みを誘っておきながら、いとも容易く痛烈に引っ繰り返す。

もちろん、そもそもミステリ、とりわけ本格と呼ばれるそれは人工的な〈謎〉を作り上げておきながら、バラバラに解体して作中に鏤《ちりば》め、あるいは再配列することで読者の内に〈真相〉とはずれた間違った思い込みを築き上げておいて、終幕に至ってそれを破壊することを旨とした文芸であって、本籍がミステリである我孫子作品がそうした形態を取るのもまた当然ではある。

ただ、一般にミステリが読者の世界観を破壊した後、世界を支える秩序を論理によって再び回復するのだとすれば、我孫子作品は往々にして読者の世界観を崩壊させたまま、突き放して終わってしまうという奇妙な感触を持つ。読者は混迷した世界から救出されることもないまま、置き去りにされてしまうのだ。

ここで解かれたはずの迷路に再び迷い込み、永遠に循環を繰り返す羽目になればそれはアンチミステリだが、我孫子作品の場合あくまで謎そのものは明快に解かれ、世界はそこで終わってしまう。読者は世界観が崩壊したまま、強引に現実に引き戻されてしまうのだ。

その最も顕著な例が、現時点までにおける著者の代表作にして最高傑作と言われる『殺戮にいたる病』だろう。ラストに至って、読者の前に突然突きつけられる〈真相〉――というよりも、そもそも〈謎〉の存在にすら気付いていなかった読者の世界観を転倒させるやいなや、物語は唐突に終わってしまう。そして、こうした世界崩壊の感覚はミステリもさることながら、ホラーにもまたふさわしいのではなかろうか。

実際、我孫子作品にはスラップスティックの《速水三兄妹》シリーズや、ほのぼのとした《人形》シリーズでさえもしばしば底冷えのする、グロテスクな感覚がそこはかとなく漂う（例えば『人形は眠れない』のエピローグを見よ！）。それは人間の悪意とか病理といった生々しいものよりも、もっと無機質で構造そのものが歪んでいるかのような、冷たい感触である。そして、そうした悪寒を生み出すのは、作者の小説作法それ自体によるところが大きい。

我孫子作品の登場人物たちは、その多くがどこか歪んだ観念世界を持ち、それを通じて周囲の現実世界に働きかける。その代表例が《速水三兄妹》シリーズだろう。そこでは殺人を観念的なゲームとして捉え、あるいは強迫観念によって無理な殺人へと衝き動かされる犯人たちに対し、探偵役の慎二・いちおもまた現実の殺人と、ミステリという紙上の虚構の殺人とを等価に置き、推理を娯楽化する。また『殺戮にいたる病』では、歌によって「愛」という観念に目覚めた犯人が猟奇殺人を繰り返すのと同様に、周囲の人間たちもそれぞれの（言わば）勝手な思い込みによって事件を動かしていく。あるいは人間の人格を大雑把なデジタル情報として捉え、連続殺人を再生した『腐蝕の街』の黒幕は、続編の『屍蠟の街』では電脳空間《サイバースペース》上の殺人ゲームを現実世界に仕掛けてくるし、さらには『探偵映画』（90）や『ディプロトドンティア・マクロプス』も、現実世界をも映画、もしくは単なる実験材料としてしか捉えていない男たちによって引き起こされる騒動の物語だ。

つまり、我孫子武丸が手を替え品を替え繰り返し描いているのは、自らの内にある、観念という虚構を実体化しようとする人間が引き起こす惨劇（時に喜劇）なのだ。そして、それを描くのに我孫子武丸はしばしば叙述トリックを用いる。それによって〈真相〉とは異なる、観念が生み出す世界を信じ込まされた読者はラストに至って、その思い込みをあっけなく打破される。

ここで注目すべきなのは、破壊されるのはあくまで読者の固定観念であって、作中人物（多くは犯人）の観念世界は物語が終わってもなお、厳然として残り続けるという点だ。彼らは虚飾が剝がれ落ち、全てが明るみに曝されてもなお、他を寄せ付けぬ自己完結した世界に閉じ籠もる。〈謎〉は解けても、理解しがたい〈闇〉はそのまま残るのだ。ここにこそ、我孫子作品が醸し出す何とも言えない居心地の悪さの源泉がある。そして、我孫子作品において〝二重人格〟というモティーフが多用されることもまた、必然だということになろう。観念によって生み出されたもう一人の自己との対話――これほど他者を拒絶したディスコミュニケーションが外にあるだろうか。

しかしながら、にもかかわらず我孫子作品は、(多くの場合メディアによって生み出される)虚構や観念に囚われた生のあり方を批判的に抉る、というよりはきわめて冷静かつニュートラルに、いや、場合によっては虚構に肩入れするかのような様相すら示す。それは、我孫子作品そのものが作者の観念の具体化によって生まれた、単なる虚構に過ぎないということに対して充分自覚的であるからだ。

実際、自らを「ジャンル小説の書き手でしかなく、おそらくそこから抜け出ることはできないであろう」(「叙述トリック試論」／『小説たけまる増刊号』所収)と言う我孫子武丸はしばしば、自作を単なる虚構に過ぎないと確認する。曰く「はっきりいってふざけた話です。『現代人の病巣をリアリティあふれる筆致で鋭く描いた』ような作品ではありませんので、お間違いなきよう。(中略)ほら話と思ってお楽しみ下さい」(『0の殺人』あとがき)。「(前略)ちょっとヘンなところもありますが、大体そんな話です。安心してお読み下さい」(『ディプロトドンティア・マクロプス』著者のことば)。

あるいは「メディアが持ってるメタ感覚というか、どのメディアでもそれを本物だと思う人はいないし、小説だって中身は全部嘘なわけだし、そういうフィルターを置いた感覚というのがある」。「(『殺戮にいたる病』は)スラップスティックが難しいから普通に書いてみようと思っただけですし、真面目に書いたら立派だと思うのかと。シリアスな方が騙しやすいということですね」(『ニューウェイヴ・ミステリ読本』所収インタビュー/原書房)。

こうした、小説はもちろん映画、特撮、アニメ、漫画、ゲームに至るまで、あらゆるメディア娯楽を享受してきた作家的出自によるところが大きい虚構への思い入れはしかし、虚構はあくまで虚構であって、現実に対して何ら力を持ちえないのだという、ニヒリズムにも似た想いへと反転しうる。

宮崎事件が引き起こした衝撃の余波の中で書かれた『殺戮にいたる病』は事件を想起させながらも、理解困難な犯人像に直面した世間の「良識」が強引に解釈をつけるためスケープゴートとして求めた、ホラー映画やヴィデオの類いとはまったく無関係なところに犯人の狂気を育み、あろうことか、〝愛〟や〝善意〟を謳い上げた女性歌手の歌が凶行の支柱となるという痛烈な皮肉を叩きつけてみせた。これが何を意図するかは、その初刊版に付された熱っぽいあとがきにおいて宮崎勤と自分との間に存在する共通点をいくつも挙げながら、しかし「ぼくが言いたいのは、こんなことには何の意味もない、ということだけだ」と切り捨てる筆致をみれば明らかだろう。

結局のところ人は皆、相互理解という幻想を抱きつつ、自らが作り上げた虚構の中に自閉して生きているのだという冷徹な認識がそこにはある。であればこそ逆説的に、例えば《人形》シリーズの二重人格者・朝永を異常者扱いせず、あるがままに受け容れるという優しさもまた生まれてくるのだ。

そう考えてみれば、我孫子武丸が好んで描く二重人格者に対して精神・社会病理学的アプローチをほとんど行わず、あたかも単なる物語上の仕掛け《ギミック》に過ぎないかのように扱うのも腑に落ちる。そこに現れるのは他者とは無関係に、その人間固有の自己完結した観念世界に生きる者たちであり、さらに言うなら、あくまで作者・我孫子武丸の中にのみ存在する観念が言葉として具象化されたものに過ぎず、決して普遍的な現実に対する解答などではないからだ。

ならば、彼らの発生させる別人格――例えば《人形》シリーズの腹話術人形・鞠夫や、『腐蝕の街』『屍蠟の街』の菅野礼也の電子的記憶のような――が単なる観念上のみの存在であるにもかかわらず、しばしば、あたかも実体を具えているかのように描かれるのは、まさに作者自身が紙の上に、自らの観念を言葉によって、物語という仮想世界として束の間具象化してみせる行為と入れ子になっているとは言えまいか。

かくして我孫子武丸は、所詮虚構は虚構、それ以上でも以下でもないとばかりにどこかバランスの歪んだ、グロテスクな構造物を築き上げ、その中にデフォルメされたキャラクターたちを住まわせて人工的な悲喜劇を演じさせてみせる。そこにはゴシックのようにあからさまな人工的意匠は存在しない。しかし、むしろ僕たちの見知った日常世界と、まるで地続きであるかのようによく似た世界であるがゆえに、そのデッサンの歪みにふと目眩にも似た不安を覚える瞬間がある。

歪みは小説世界全体に掛けられた、虚構化という偏光フィルターの介在を強く意識させる。だが、それによって世界全体が歪んで見えるなら、逆に僕たちが住まうこの現実世界にもまた、歪みを正して見せるフィルターが掛けられているのではないか。あるがまま受容するには、あまりに不条理な現実を因果のはっきりした物語化することで、人は辛うじて生きている。その物語をそれぞれが解釈することによって、さらなる虚構が人間の数だけ生まれていく。僕たちは皆、その自分だけの虚構に包まれ、被膜越しに辛うじて触れ合っているに過ぎないのではないか。それに気付かされたとき、単なる「お話」に過ぎなかった我孫子作品は俄かに、生々しい恐怖を湛えて読む者に迫ってくる。

突然襲い来る、無意味な不条理によって植物と融合し、あるいは身体を両断される男たち。内なる観念に引きずり込まれて世界から孤立し、あるいは創り替えようとした世界に復讐される人々。この世界は、人間の思惑とは全く無縁に成り立っているのだ。確かなものなど何もないのだ、という冷徹な宣告を、我孫子武丸は現実を踏襲するのではなく、徹底した虚構という構造そのものによって、見事に下してみせる。

所詮虚構は虚構、でもね――。

（文芸評論家）

初出誌

猫恐怖症　「小説すばる」93年8月号
春爛漫　「小説すばる」94年1月号
芋羊羹　「小説すばる」94年4月号
再会　「小説すばる」94年7月号
青い花嫁　「小説すばる」94年11月号
嫉妬　「小説すばる」95年7月号
二重生活　「小説すばる」95年12月号
患者　「ミステリマガジン」95年11月増刊号
猟奇小説家　「小説すばる」96年6月号

本書は一九九七年十一月、集英社より「小説たけまる増刊号」として刊行されたものから、文庫化にあたって作品を抜き出し、再編集したものです。

集英社文庫　目録（日本文学）

集英社文庫

たけまる文庫《ぶんこ》　怪《かい》の巻《まき》

2000年5月25日　第1刷

定価はカバーに表示してあります。

著　者　我《あ》孫《び》子《こ》武《たけ》丸《まる》

発行者　小　島　民　雄

発行所　株式会社　集　英　社

東京都千代田区一ツ橋2—5—10
〒101-8050

電話　03（3230）6095（編集）
　　　03（3230）6393（販売）
　　　03（3230）6080（制作）

印　刷　凸版印刷株式会社

製　本　凸版印刷株式会社

落丁・乱丁の本が万一ございましたら、小社制作部宛にお送りください。送料小社負担でお取り替えいたします。

Printed in Japan

ISBN4-08-747196-9 C0193